카피라이터
정비아의
세상읽기

읽기의 발견

읽기의 발견

초판 1쇄 인쇄일 2018년 11월 23일
초판 1쇄 발행일 2018년 11월 30일

글·사진 정비아
펴낸곳 도서출판 유심
펴낸이 구정남·이헌건
마케팅 최진태

주소 서울 은평구 통일로 684 서울혁신파크 미래청 1동 303B(녹번동)
전화 02.832.9395
팩스 02.6007.1725
URL www.bookusim.co.kr
등록 제2017-000077호(2014.7.8)

ISBN 979-11-87132-30-1 03800
값 14,000원

카피라이터
정비아의
세상읽기

읽기의 발견

일상을 읽고
해석하는 삶에 관하여

글·사진 정비아

일상을 읽고 해석하는
삶에 대한 깨우침

한국 초·중등학교 교육은 오래전부터 비판을 받아왔다. 삶과 동떨어진 채 문화 발전에 이바지하지 못한다는 것이다. 지금껏 제도만 바꾸었을 뿐 본질적 개혁은 이루어지지 않았다. 그러는 사이 몇 세대가 흘러, 흔히 '입시 위주'라 불리는 교육의 내용과 방법이 하나의 전통처럼 자리 잡는 바람에 무엇이 문제인지조차 가늠하기 어려워진 듯하다. 가령 국어 교육마저 '문제 유형'을 익혀 빠른 시간 내에 정답을 '찍는' 훈련으로 전락하였다. 이 때문에 단지 글자를 읽을 뿐 글의 뜻과 맥락은 깊이 읽지 못하는 '문의맹'(필자가 만든 말)이 되고, 대학에 진학한 뒤 고급언어를 구사하는 전공서적 앞에서 쩔쩔매고 있다.

이러한 현실을 개선하려면 교육이 지식보다 능력 중심으로, 삶을 영위하고 문화를 발전시키는 데 필요한 인간의 기본능력을 기르는 쪽으로 나아갈 필요가 있다. 이 '능력 중심 교육'은 배우는 이 자신이 사물을 직접 다루는, 시간이 많이 드는 정신적 노력을 요구한다. 한국 사회가 교육의 문제점을 알면서도 고치지 못한 까닭은 학생과 선생, 아이와 어른 가릴 것 없이 모두 이 능력 기르기를 회피해왔기 때문이라 생각한다. 교양인이 갖춰야 할 기본능력은 사고력, 감수성, 판단력, 상상력 등 여러 가지인데, 그 핵심부에 '언어능력'이 놓여 있다. 정신활동이 주로 언어를 가지고 이루어지기 때문이다.

이 책은 낮은 목소리로 '읽는 삶'을 권한다. 하지만 다루는 주제는 결코 작지 않다. 차례에 잘 드러나 있듯이, 읽기의 대상은 책에서 시작하여 사물 전체로 확장된다. 따라서 이 책은 좁은 의미의 독해력에서 나아가 사물에 대한 인식 능력으로, 책에서 교양을 얻는 데서 나아가 삶을 더 높은 차원으로 이끄는 수준 높은 지적 활동으로 독자를 안내한다. 그리하여 그 어떤 교육전문서 못지않게 스스로 자신을 교육하는 삶의 태도와 자세로 이끌어준다.

대부분의 한국인은 읽기 능력을 교육받은 적이 별로 없다. 누군가 읽은 결과를 외워왔을 따름이기에, 읽기 자체에 대한 인식조차 빈약하다. 부제에 적혀 있듯이, 이 책은 '일상을 읽고 해석하는 삶'에 대해 깨우쳐준다. '읽기'에 대한 이해는 물론, 개인적 차원에서 사회적 차원으로, 표면적인 것에서 심층적인 것으로 단계를 밟아가며 읽기 능력을 길러준다. 그 방법 또한 매우 참신한데, 각 꼭지의 제목 앞에 열쇠말을 앞세워 글의 초점을 잡아주고, 아이를 키운 경험이나 일을 하다 얻은 자기 체험을 예로 들어 이해를 도와준다. 게다가 자신이 읽은 책의 명구들을 넉넉히 넣어 독서 의욕까지 북돋운다.

가르치는 일에 평생을 종사해온 필자는, 제자가 책을 낼 때 가장 기쁘다. 이 책의 저자처럼 사회적으로 매우 중요한 주제를 성실하게 다룬 원고를 들고 와서 추천의 말을 청하면, 자신을 돌아보지 않고 붓을 들게 된다. 이 책이 웅숭깊고 세련된 삶을 추구하는 이들, 특히 자녀의 교육 현실을 고민하는 부모들에게 큰 도움을 주리라 확신하며 적극 추천한다.

최시한 (작가, 숙명여대 교수)

확장된 읽기는
어떻게 가능한가

　며칠 전, 스페인 톨레도에서 미겔 데 세르반테스가 남긴 작품,『돈키호테』의 흔적을 발견했다. 처음 작품을 읽었을 때, 기존의 소설 형식과 달리 파격적이던 느낌이 되살아나 감흥이 남달랐다. 돈키호테라는 캐릭터를 형상화한 세르반테스가 전하고자 했던 건 당시 제 역할을 수행하지 않은 채 권력만 누리던 기사 집단에 대한 풍자였다. 발표 당시 이 작품은, 다소 엉뚱해 보이는 이상주의자 돈키호테의 작중 행동을 키호티즘이라 명명하게 할 만큼 큰 반향과 논란을 일으켰다. 키호티즘은 주변의 눈을 아랑곳하지 않고 굳세게 자신의 신념을 지키는 태도를 뜻한다. 이 때문에 개인의 모럴과 기득권을 누리는 집단의 모럴은 충돌한다.

　해전에서 부상으로 팔을 잃고, 노예생활의 수난을 겪는 등 작가의 핍진한 경험을 꽃피운『돈키호테』의 문학적 의의는 차치

하고라도, 그 충돌하는 지점에서 세르반테스는 돈키호테라는 인물을 표상으로 진정한 기사도란 무엇인가를 제시하고 있다. 당연시되던 권력의 당위성을 전복 가능케 한 점에서 세르반데스는 진정한 인간군상 읽기의 대가였다고 할 수 있다.

정비아 작가가 『읽기의 발견』을 펴낸 이유도 다름 아닌 이 점에 있다. 겉으로 보이는 저 너머의 것을 읽어내며 유쾌한 일상의 전복을 도모하는 삶. 사람의 읽기, 확장의 필요성에 대해 작가는 다음과 같이 말하고 있다.

> 요컨대 읽기란, '어떻게 일상에서 의미를 찾고, 사람으로서 가치 있는 삶을 살 수 있는가'라는 물음과 상통한다. 그리하여 이 책은 모든 감각을 동원한 읽기가 무엇인지, 그런 읽기가 왜 필요한지, 어떻게 이러한 확장된 읽기를 일상에서 적용시킬 수 있는지를 살핀다.

'확장된 읽기는 어떻게 가능한가'라는 질문에 도달한 당신에게 대답해 보자. 이 책을 읽으며 잘 알 수 있게 되겠지만, 당장 짧게 대답을 해 보자면, 지금 이 글을 읽는 당신은 단풍이 절정인 월악산에 있다.

> – 단풍 고우니 좋은데 사람이 너무 몰려 북새통. 내일 출근해야
>   해서 돌아가야 하는데 교통체증이 걱정이네.
> – 단풍 고운 이곳에 있으니 이 순간이 참 좋다. 나와 함께한 당
>   신도 좋은가.
> – 단풍 고와 올해는 농작물이 풍년이겠으니 여러 사람의 겨울이
>   넉넉할 것 같아 좋다.

이 모든 표현이 가능하다 여기고 수용할 수 있다면 당신은
이미 다양성 읽기를 하고 있다. 이외에도 여러 반응이 있을 수 있
겠지만 위의 셋 중 어떤 말이 당신의 마음과 가까운가.

위에서 첫 번째는 나만의 느낌, 두 번째는 나와 너, 즉 타자
에게 주의를 기울인 느낌, 세 번째는 더 나아가 우리를 바라본
느낌이다.

조선시대에 이광한이 조정에 올린 농법의 한 대목에도 남아
있는 것처럼 옛부터 단풍이 고우면 그해 농사가 풍작이 든다고
했다. 단풍이 고운 것을 보며 '내가 좋다'에서 나아가 함께한 이
와 나누고, 더 나아가 단풍이 고와 올해는 보리 풍작이 들어 좋

겠구나 가늠하는 것, 자연이 선물한 절경에 찬사를 보내면서도 다수, 즉 모두에게 닥쳐올 겨울을 읽는 관점에 서는 것, 그것이 너른 세상 읽기, 확장의 한 예라고 할 수 있겠다. 그러므로 세상 읽기, 일상 읽기는 그다지 어려운 일이 아니다. 나를 보고 너를 살피며 우리가 반드시 함께라는 것을 기억하는 관찰의 눈이 있다면 가짜뉴스가 판치는 이 복잡다단한 현대의 삶에서도 얼마든지 제대로 읽기, 즉 진실에 가까운 읽기가 가능하다. 다시 말해 인간에게 온기 있는 주의를 기울일 때 확장된 읽기가 가능하다.

냉정한 분석가보다 감사 읽기와 분석이 가능한 온화한 자

이쯤에서 우리는 '읽을 수 있다면 행복한가'라는 물음에 도달하게 된다. 결국 읽기는 다수의 행복에 초점이 맞추어져야 하기에. 인문학을 이해하고자 하는 이들이 늘어나는 것은 참으로 좋은 현상이다. 그러나 그 과정에서 앎을 권력으로 삼는 경우도 허다하다.

그렇다면 세상 읽기에 주요한 읽기의 한 축은 또 무엇일까. 그것은 매일의 일상을 지나며 감사를 읽어내고 그것을 표현하는 거다. 자연은 물론이고 서로에게 기대 일생 빚을 지고, 그 빚을 진 이나 다른 누군가에게 빚을 갚으며 살아가는 빚의 순환 속에 우리가 살고 있다는 걸 우선, 인식해야 한다. 그러니 고마움을 읽는 것은 물론, 읽는 것에서 그치지 않고 '고맙다'를 말하고, 쓰며,

그 고마움을 전도해야 풍요로워진 우리 마음이 힘이 세져 비로소 바른 세상 읽기가 가능해진다.

냉정한 분석가의 읽기는 자칫 또 다른 권력으로 치달을 수 있다. 때문에 감사 읽기를 배제한 지식인은 지식권력자로 남는 것을 우려해야 한다. 단지 세상을 분석하고 문제를 해결하려는 운동만 한다면 무미건조한 판관의 시대와 다를 바 없을 뿐 아니라 그 경직에서 몰이해가 수반되기에 문제를 해결하는 데도 많은 시간이 필요하다. 현상 너머의 문제만 읽는 데서 나아가 고마운 대상, 고마운 삼라만상에도 '고맙다, 고맙다'를 입 밖으로 꺼내 말할 수 있을 때 세상 읽기의 힘으로 돌아와 내 삶의 변화에까지 이를 수 있다. 그러니 감사 읽기를 즐기는 것이 어찌 우리가 일생 해야 할 일이 아니란 말인가. 그처럼 감사 읽기는 우리 삶의 예(禮)뿐 아니라 문제 해결의 실마리로 크게 기여할 수 있다.

단적인 예로, 짧지 않은 기간 동안 타국에 머물며 낯선 이들에게 수없이 들었던 '고맙다', '미안하다'라는 말이 결국 그들의 기본 질서, 즉 사회적 품격이 된 요소라는 것을 알게 됐다. 이 글을 읽고 있는 당신은 분명 타자에게 전하는 말이었음에도 입을 열어 고·맙·다고 말하는 순간, 스스로에게 예의를 표한 것 같은, 더 과장해본다면 인간의 격을 회복한 듯한 느낌을 경험해본 적이 있지 않은가.

행복의 근육, 읽어가는 힘

　욕망이 이끄는 대로 살면서 보이는 많은 것을 소유했다 해도 고마움 읽기가 불가능해, 일생 나누지 못한 데서 기인된 불안으로 가난한 마음으로 살 것인가 혹은 욕망과 고마움을 읽는 부자로 살 것인가는 우리의 읽어가는 힘으로 선택할 수 있다.

　정비아의 『읽기의 발견』은 읽지 않음의 방치가 더 이상 무방한 게 아닌, 우리가 세상에 머무는 동안은 반드시 읽어야만 한다는 것을 힘써 전하기 위한 소명으로 출간된 책이다. 온화함을 지향하는, 읽는 자, 그리하여 "모든 소설가들은 어떤 식으로든 세르반테스의 자손들이다"라고 극찬한 『참을 수 없는 존재의 가벼움』의 작가 밀란 쿤데라의 말처럼 세르반테스의 『돈키호테』처럼 세상을 전복하는 창의성을 지닌, 읽는 자로 우리에게 주어진 세상을 충만하게 살아낼 수 있기를 바라는 당신에게 『읽기의 발견』의 필독을 기꺼이 권한다.

정예서 (함께성장인문학연구원 원장)

세상은
거대한 텍스트다!

카피라이터는 단 몇 줄의 광고 문구를 쓰기 위해 제품을 연구하고 소비자의 마음을 헤아리는 지난한 작업을 선행한다. 책광고를 할 때는 책을 읽어야 하고, 아파트 광고를 할 때는 아파트를 읽어야 한다. 무형의 서비스를 광고할 때도 눈에 보이지 않는 서비스를 읽는다. 더불어 소비자의 마음도 읽는다. 단지 '아는' 차원이 아니라 '읽는' 차원까지 파고들어야 온전한 카피 한 줄을 쓸 수 있어서다. 제품과 소비자, 시장과 생산자 모두를 읽기 위해서는 그 의미를 각각의 관점에서 해석하는 '독해력'이 필요하다.

강의를 하면서 학생들의 '읽기' 훈련을 위해 첫 단계에서는 책을 선택한다. 독서감상문을 써오라는 과제를 내주면 대부분의 학생들은 이의 없이 내용 요약과 읽은 후 느낌을 써온다. 다음 단계의 읽기 훈련으로 일주일 동안 매일 등굣길 혹은 하굣길에 본 것과 느낀 것에 대해 상세하게 기록해 오라고 한다. 그러면 학생들은 당황해 한다. 그게 읽기와 무슨 상관이냐는 항의도 한다. 스스로의 시선이 어떠한지 면밀히 살펴 읽고, 그 시선의 의미를 해석하는 게 읽기의 기본이라고 설명해도 쉽게 납득하지 못한다.

학생들만이 아니라 대부분의 사람들이 '읽기'라 하면 '책'을 떠올린다. 책 이외의 것이라 하더라도 문서나 신문, 잡지 등 문자로 쓰여진 것들을 떠올리는 게 일반적이다. 즉, '읽기'의 대상을 문자에 한정시킨다. 나아가, 책을 많이 읽어야 지식이 쌓이고 그래서 사유가 깊어진다고 생각한다. 그러나 사유가 깊어진다는 것은 아는 것이 많은 것과는 다른 차원이다.

생각하는 힘은 '독해력'과 관련이 있다. 그러므로 읽고 해석하는 일을 문자로 쓰여진 것에만 국한할 이유가 없다. 이 지점에서 카피라이터가 되고자 하는 학생들뿐 아니라, 일반 사람들에게도 일상에서 '읽기'를 적용하는 습관은 아주 유용하다. 그런데, 조금만 생각해 보면 이미 우리들은 일상 속에서 '읽기'를 실행하고 있음을 알 수 있다. 다만 우리 스스로가 의식하지 못하고 있을 뿐이다.

아이가 어릴 때 좋아하던 그림책이 있었다. 고양이 포피의 하루를 그린 플랩북이었다. 유아 대상의 그림책이라 글자는 하나도 없었지만, 그림만 보아도 포피가 하루를 어떻게 지내는지 잘알 수 있다. 플랩북이라 포피가 잠에서 깬 장면에서는 창문을 펼쳐보고, 유치원 갈 준비를 하는 장면에서는 포피의 옷장도 열어보고, 포피의 가방 속에 뭐가 들어있는지, 포피가 유치원에서 무슨 그림을 그렸는지 하나하나 열어보는 재미가 있었다.

아이들의 그림책은 그림만으로 내용을 알 수 있으니 독해력이 필요하지 않을 것처럼 보이지만 오히려 읽을거리가 더 많다. 겉으로는 깔끔하기만 한 포피의 방 옷장과 창문, 포피의 가방을 열어보면 겉만 보아서는 알 수 없는 이면의 진실을 파악하게 된다. 창문 밖 풍경으로 포피의 집 주변이 어떤 곳인지를 알게 되고, 가방 속에 무엇을 넣고 다니는지를 살펴 포피의 취향과 관심사를 짐작할 수 있다. 포피가 그린 그림을 보며 포피의 꼼꼼하고세심한 성격을 추측할 수도 있다.

아이는 그림을 보면서 그 의미를 해석하는 '독해'를 한다. 그 과정에서 포피와 자신을 비교하여 공통점을 찾아내기도 하고, 다른 점을 인식하기도 한다. 은연중에 타인의 삶의 방식을 들여다봄으로써 타인을 익히고 자기를 인식하는 사유를 작동시킨다. 나아가 겉과 속이라는 이중의 실재와 의미에 대해 알게 된다.

이쯤 되면 문자가 아닌 것, '쓰이지 않은 것들'을 읽는 일이 책을 읽는 일 못지않게 독해력을 향상시키며 오히려 더 다양한 차원에서 생각하는 힘을 키워주는 과정임을 알 수 있다. 즉, 우리가 보고 듣는 모든 것에 '읽기'를 적용할 수 있으며, 이런 확장된 '읽기'가 사람에 대한 이해와 세상을 향한 통찰에 이르는 길임을 깨닫게 된다.

앞서 우리는 의식하지 못할 뿐 '읽기'를 일상에서 이미 적용하고 있다고 말했다. 우리는 영화나 뉴스를 볼 때, 심지어 음악을 들을 때도 대상을 관찰하고 대상과 나와의 관계를 살핀다. 아울러 상황을 이해하여 공감하고 해석하면서 종국엔 그 의미를 깨닫는 읽기의 과정을 거치며 살아가고 있다.

이 책은 이런 '읽기', 곧 '독해'에 관한 이야기다. 우리는 왜 보고, 듣고, 느끼는 모든 것에 대해 읽고 해석하는 작업을 필요로

하는 걸까? 왜 우리는 모든 삶의 순간마다 나와 타인을, 그 관계를, 좀처럼 결론지어지지 않는 현상을 읽고 이해하고 의미를 부여하는 과정을 거쳐야 할까?

소설가 최시한은 "사물을 인식하는 능력과 그로써 얻어낸 지식"이 "삶의 거의 모든 분야에서 기본"이 되는데, 이 두 가지는 "독해력"을 통해 얻을 수 있다고 말한다(『수필로 배우는 글읽기』, 문학과지성사, 2010). 다시 말해 '읽기', 곧 '독해'는 궁극적으로 '우리는 어떻게 살고자 하는가'라는 존재의 부름에 대한 응답과 다름없다.

요컨대 읽기란, '어떻게 일상에서 의미를 찾고 사람으로서 가치 있는 삶을 살 수 있는가'라는 물음과 상통한다. 그리하여 이 책은 모든 감각을 동원한 읽기가 무엇인지, 그런 읽기가 왜 필요한지, 어떻게 이러한 확장된 읽기를 일상에서 적용시킬 수 있는지를 살핀다.

우선 '일상'을 어떻게 읽을 수 있는가를 함께 나누어 보고, 나와 너 사이의 '관계', 우리가 함께 살아가는 '사회', 나아가 사람이 추구하는 '가치'로 읽기의 범위를 확장하여 어떻게 관계를, 사회를 읽으며 궁극의 가치를 포착할 수 있는가를 한 겹 한 겹 펼쳐낼 것이다.

마침내 이 책의 마지막 장을 넘길 때, 독자는 사람다운 삶의 길이 일상이라는 텍스트 안에서 매 순간을 읽어내고, 그 과정을 통해 삶의 의미를 찾아가는 여정임을 공감하게 되길 바란다.

목차

I 읽기 본능 회복

태초에 읽기가 있었다

II 일상 읽기

두 발을 땅에 두고 네 눈을 본다

III 관계 읽기

누구에게나 이번 생은 처음이다

IV 사회 읽기

우리는 서로 연결되어 있다

V 가치 읽기

사유를 통해 사람은 사람다워진다

I

읽기 본능 회복

태초에
읽기가 있었다

I-1_사유의 첫 걸음
첫 독후감을 쓰던 날의 오후

　요즘 엄마들은 아이가 뱃속에 있을 때부터 책을 좋아하고 책과 친해지도록 책을 읽어준다. 이처럼 많은 엄마들이 노력을 하는데, 왜 아이들은 어느 정도 성장한 이후에는 책과 멀어지게 되는 걸까? 왜 태아 때부터 익숙한 '읽기'를 삶의 일부로 받아들이지 못하는 걸까?

　어느 시점부터 '책읽기'가 의무처럼 변질되는 게 문제다. 학교에서 권장하는 '필독도서'는 강제성을 띤 '읽기'로 변질되고, 모든 아이는 책을 읽은 후 독후감을 써야 한다는 근거 없는 원칙에 시달린다. 필독도서를 읽지 않은 채 다른 도서를 읽는 것은 비효율적이며, 책을 읽고 나서 독후감을 쓰지 않는 것은 중요한 스펙의 증거를 인멸하는 어리석은 짓으로 치부된다. 이런 상황에서 누가 '책읽기'를 즐겁게 받아들일 수 있을까?

어른들이 기억해야 할 것은 한 가지다. 유연하게 열려 있는 상태에서만 아이의 무한한 잠재력과 창의성이 제 능력을 발휘한다는 사실이다. 강제성을 띤 엄격한 규칙이야말로 부모들이 그토록 원하는 아이의 창의성을 가로막는 주범이다.

처음으로 돌아가 생각해볼 필요가 있다. 우리는 왜 읽는가? 그것은 어떤 활동인가? 무엇을 변화시키는가? 당신에게 강렬하고도 아름다운 읽기의 기억이 있다면, 그때의 상황은 어떠했는가?

"오늘은 좋아하는 책을 한 권 읽고 독후감 한 편을 써보렴."
–엄마가–

일곱 살 무렵, 어머니의 권유로 첫 독후감을 쓰게 됐다. 안 써도 그만이었지만, 무료한 시간을 때울 심산으로 심사숙고하여 동화 『욕심 많은 개』를 고른 뒤 몇 번을 반복해서 읽었다. 그런데 무엇을 어떻게 써야 할지 막막했다. 시간은 흐르고, 어둑한 집엔 귀한 고깃덩이를 시냇물 속으로 빠뜨려버린 '욕심 많은 개'와 나만 존재하는 듯 고요했다.

애꿎은 책장만 뒤적거리다 쉽게 쓰는 길을 택했다. 중요하다고 여겨지는 문장에 밑줄을 긋고 그 문장을 베껴 쓰기로 한 것이다. 이제 무엇을 버리고, 무엇을 택해야 할지만 선택하면 된다.

그런데 막상 고르기가 쉽지 않았다. 이야기를 이루는 한 문장 한 문장이 새롭게 보였다. 모두가 없어서는 안 될 문장처럼 여겨졌다. 몇 번을 들여다보고 나서야 몇 문장에 밑줄을 긋고, 그 문장들을 노트에 옮겨 적었다. 그렇게 첫 독후감을 완성했다.

그날 나는 '읽기'라는 행위가 책을 그리고 그 책 속에 등장하는 누군가를 혹은 무언가를 아주 집중하여 살펴보는 일임을 강렬하게 느꼈다. 막연하게나마 무언가를 읽는다는 것이 사람으로 하여금 그것을 수도 없이 들여다보며 살펴보게 하고, 그것이 무엇을 뜻하는지 나아가 그 이야기가 무엇을 전달하려 하는지, 그 이야기를 쓴 사람은 무엇을 중요하게 여기는지 그리하여 그 이야기가 내게 어떻게 와 닿는지를 끊임없이 생각하게 하는 일임을 깨달았다. 책에 쓰인 문장을 그대로 옮겨 쓰는 작업을 하면서 문장을 선별하기 위해 엄청난 고심을 해야 해서다.

처음 읽을 땐 줄거리만 파악했다. 그런데 두 번, 세 번, 몇 번이고 반복해 읽다 보니 의문이 들었다. '자기 얼굴이 어떻게 생긴지 몰랐단 말이야?' '냇물을 지나간 것이 처음인가?' '냇물이 있는 길을 여러 번 다녔어도 그 전에는 다리 아래를 들여다보지 않았던 걸까?' '고기가 냇물에 떨어질 때 개는 기분이 어땠을까?' '혹시 고기를 혼자 먹으려던 게 아니라 누구와 같이 먹으려고 물고 간 건가?'

질문은 계속 이어졌고 그 질문의 막바지에는 '나도 친구의 것을 가지고 싶었던 적이 있었는데, 그런 게 욕심인가?' '내 모습이 어떻게 생겼는지 나는 제대로 알고 있나?' '내가 귀하게 여기는 것을 잃게 된다면, 나는 어떤 마음일까?' '내 것이 있지만 그래도 남이 가진 것을 부러워하는 마음은 나쁜 걸까?' 등 욕심 많은 개의 태도와 마음, 느낌을 나의 것으로 바꿔 생각하고, 의미를 따져보게 됐다.

그렇게 몇 번을 살펴보는 과정 중에 생각지도 않았던 질문이 생겨났고, 책에서 말하지 않은 욕심 많은 개의 마음과 일상까지 살피게 됐다. 일곱 살짜리 여자아이가 무슨 심오한 질문까지 다다랐을 리는 없지만, 재미로 이야기를 한 번 읽었을 때와는 다른 생각과 느낌을 얻었고, 입장을 바꾸어 생각해보게 됐다. 그래서 독후감을 쓸 때는 욕심 많은 개를 조금이라도 더 이해할 수 있는 문장을 고르려고 애쓰기도 했다.

강의를 하면서 만난 대학생들은 늘 시간에 쫓긴다. 4학년은 취업이라는 절대 절명의 문턱에서 사회가 요구하는-셀 수도 없고 무슨 필요가 있는지도 모를-수많은 스펙을 만들기 위해 정신이 없고, 3학년은 등록금과 용돈을 벌기 위한 아르바이트와 학점 높이기 사이에서 줄타기를 한다. 가끔 만나는 1, 2학년 학생들 역시 감당할 수 없는 자유, 좋은 성적을 얻어야 한다는 타성적 당위 사이에서 어설프게 제자리를 찾지 못하고 서 있는 듯하다.

그들의 모습에서 우리나라 중학생과 고등학생 심지어 방황

아이에게나 어른에게나
'나'와 '나를 대면하는 나'만이 존재하는
고요의 시간을 갖는 일은 참으로 중요하다.
그런 텅 빈 시간을 버티고 버티다가 무심코
그의 눈높이에 맞는
책 한 권을 집어들 수 있는 환경이면 좋다.

아니, 책이 없어도 좋다.
'읽기'는 사소하게 지나쳤던 그 무엇을 가만히
들여다보게 되는 순간부터 시작된다.

하는 중년의 모습까지 투영되는 것은 나만의 시선은 아니리라. 자신의 삶이 어디로 향해야 하는지, 그곳으로 가려면 어떤 길을 선택해야 하는지를 스스로 결정하기보다 어릴 때부터 주어진 삶의 조건에서 주어진 대로 혹은 사회가 인정하는 방향대로 순응하는 것이 삶을 꾸려가는 최상의 선택이라고 주입된 생각을 바꾸기란 쉬운 일이 아니다. 학교에서 정해준 책을 읽고, 학원에서 쓰라는 대로 써내는 글에서 개인의 개성이나 창의성을 기대하는 건 무리다. 그리하여 초등 고학년이 되는 시점부터 대학생이 된 이후까지 고요 속에 내던져진 채 스스로의 끈기와 노력으로 무언가를 반복해서 들여다보고, 동일한 대상에서 새로운 것들을 찾아내고 무한히 확장되는 상상의 시간을 가져본 경험을 지닌 이는 많지 않다.

아이에게나 어른에게나 '나'와 '나를 대면하는 나'만이 존재하는 고요의 시간을 갖는 일은 삶에서 참으로 중요하다. 그런 텅 빈 시간을 버티고 버티다가 무심코 그의 눈높이에 맞는 책 한 권을 집어들 수 있는 환경이면 좋다. 아니, 책이 없어도 좋다. '읽기'는 사소하게 지나치던 그 무엇을 가만히 들여다보게 되는 순간부터 시작된다.

있어야 할 곳과 견뎌야 할 시간을 건너 비로소 만나게 되는 무시간, 무공간의 무한 상상 속에 덩그러니 놓인 존재는 그제야 자기만의 시선으로 주변을 살핀다. 익숙하다고 생각했던 환경을 낯설게 관찰한다. 바닥, 바닥의 나무, 그 나무의 결, 바닥의 색감, 바닥을 타고 옆으로 가 눈이 닿는 곳에 있는 벽, 벽지의 감촉, 벽지의 반복되는 무늬를 자세히 관찰하며 늘 지내던 공간이지만 이전과는 다른 전혀 새로운 느낌을 갖는다. 언젠가 보았던 이름 모를 나무의 결과 비교하고 봄과 여름을 넘어가는 어느 계절에 보았던 하늘빛과 벽지의 빛깔을 대조한다. 고요한 와중에 들려오는 소리, 냉장고의 윙윙 꼬르륵 소리, 바람 소리, 멀리 사이렌 소리, 이제껏 집 안에 있으면서 한 번도 들어보지 못한 소리도 듣는다. 그 소리들이 무한한 상상으로 퍼져나간다. 마치 이제껏 보지 못하다가 처음 눈을 뜬 사람처럼 신선하고 의미 있게 일상의 모든 것들을 하나하나 들여다본다.

이것이 바로 '읽기'다. 읽기는 수도 없이 들여다보며 관찰하고, 이리저리 시선을 달리하며 살핌으로써 그것이 무엇인지, 뭐가 다른지, 어떻게 느껴지는지… 결국, 그것이 내게 무엇으로 와 닿는지를 끊임없이 생각하는 일이다. 모든 선입견을 접어두고 책을, 나무를, 꽃잎을, 이 세상을 그리고 나의 삶을 면밀하게 살피는 '읽기'가 비로소 삶의 의미를 만들어 내는 사유의 시작이다. 지금까지도 일곱 살, 첫 독후감을 썼던 날의 오후가 오래도록 내 마음에 남는 이유다.

I-2_읽기의 확장
우리가 책을 읽는 진짜 이유

그날은 웬일인지 만화가게에 들렀다가 평소처럼 집으로 곧장 가지 않고 서점에 들렀다. 그리고 충동적으로 세계문학 문고판 한 권을 구입해서 새벽까지 책상에 붙어 앉아 다 읽었다. 바로 그날이다. 내가 그토록 만나고 싶었던 사람들과 조우한 것은. 그 후 거의 이틀 혹은 사흘에 한 권씩 서점에서 문고판 소설을 샀고, 매일 새벽까지 읽었다. 소설 속 그들을 만나야 했기 때문이다.

『데미안』의 싱클레어를 만났고, 『수레바퀴 아래서』의 한스를 만났다. 그들은 살아가는 일이 분명 어떤 의미가 있으며, 그 의미를 찾기 위해 기존의 세계를 깨뜨리든 스스로 원하는 일을 찾든 적극적인 실행이 필요하다는 것을 알려주었다. 특히 한스는 포기나 절망이 아닌 자신을 위한 대안을 찾아 나가야 한다는 필요성을 그의 죽음으로 전해주었다.

어린 나이에 조국을 떠나 머나먼 타향에서 스스로 삶을 개척해야 했던 『압록강은 흐른다』의 이미륵은 내게 사사로운 개인의 감정과 상황 너머 더 넓은 세상 속에 다른 차원의 삶이 있음을 알려준 장본인이다. 그러나 그 누구보다 강렬했던 이는 『생의 한가운데』에 등장하는 니나였다. 그녀는 남성의 그늘, 남성 중심의 사회에서 독립적인 여성으로 치열하게 투쟁하는 삶의 본보기였다. 그녀는 여성/남성의 이분법에서 벗어나 오롯이 '사람'으로서의 삶을 개척해 나가는 과정을 보여주었다.

『운수 좋은 날』에서 아내를 향한 김첨지의 마지막 절규는 '운수가 좋다'는 말이 그토록 삶 전체를 날카롭게 할퀼 수 있는 단어가 될 수도 있음을 느끼게 했다. 어떤 말이 예상치 못한 상황과 맞물릴 때, 누군가에게는 그 의미가 전혀 다른 것이 되어버린다. 이것이 삶의 아이러니다. 우리들이 살아가는 세상은 그토록 납득되지 않는 상황을 만들어놓고, 그 안에 인간 존재를 무자비하게 던져놓는다.

『감자』의 복녀와 『봄봄』의 점순이의 삶은 사뭇 다르다. 같은 시대지만 처한 현실과 그 현실을 살아나가는 존재의 생활방식이 모두 다르기 때문이다. 같은 상황에서도 다른 삶을 영위하는 그들의 모습은 삶에 여러 선택지가 있음을 알게 했고, 저마다 자기에게 맞는 답을 찾아야 한다는 의지를 갖게 했다.

사춘기를 맞은 청소년 시절, 소설 속에 등장하는 그들은 스스로의 삶을 가감 없이 보여줌으로써 한 존재를 위로해주었고, 아이가 어른으로 성장해가는 과정을 이해하고 나아가는 길을 열어주었다.

셔먼 영은 『책은 죽었다』에서 "책은 깊은 사고를 통해 깊은 대화에 이르게 하는 것"이라고 했다. 아마도 당시 나는 그들과 깊은 대화를 나누었던 모양이다. 우리는 그렇게 '깊은 사고'와 '깊은 대화'를 나누며 서로 위로받고 이해했으며, 어떤 절망적인 상황 속에서도 모든 사람은 가치 있는 존재임을, 그리하여 존재의 존엄을 지키며 살아야 함에 공감했다.

중학교 교과과정에서는 '읽기'를 곧 '이해활동'이라고 설명한다. 그러면서 "어린아이는 의미를 모른 채 글자를 구분하는 읽기를 한다면, 초등학생은 문장의 뜻을 풀이하며, 중학생은 글의 의미를 자신이 아는 것과 연결짓는 '적극적 읽기'를 한다"고 덧붙인다. 이때 '적극적 읽기'는 "글에 담긴 저자의 생각을 그대로 풀이하고 받아들이는데 그치지 않고 독자 자신의 관점에서 글을 바라보고 적극적으로 이해하는 활동"이라고 명시한다.

즉, 텍스트를 '너'라는 대상으로 바라본다고 가정할 때, 일차적으로 너의 생각이나 감정을 너의 입장에서 이해하고 받아들인 후, '너'의 생각과 감정을 받아들이는 '나'의 입장에서 내 느낌과 생각을 헤아리는 이중의 이해활동이 곧 '적극적 읽기'다. 내가 중고등학교 시절 소설을 읽으며 그들을 이해하고 그들에게서 위로 받으며 질풍노도의 시절을 극복할 수 있었던 것은 바로 이런 생생한 상호작용 덕이었다.

이렇게 한 권의 책을 읽는 일은 단순히 글자를 읽거나 그저 책의 내용을 파악하는 것이 아니다. 책 속의 인물과 이야기를 내 삶 속에 깊숙이 끌어들이는 일이다. 최시한은 『수필로 배우는 글읽기』에서 다음과 같이 말한다.

> "말을 문자로 적어놓은 글에는 필자가 세상을 '읽어서' 얻은 결과와 함께 그것을 얻고 전달하는 태도와 과정이 아울러 담기게 되고, 필자의 세상 만물 읽기를 엿보면서 그 방법을 배워 익히는 동시에, 필자가 읽어낸 지식과 지혜를 나누어 갖는 것이다."

그리하여 한 권의 책을 읽는다는 것은 저자의 시선과 전달하는 태도를 매개로 내 삶을 살피고, 내 존재를 의미 짓고, 나와 관계된 사람들을 이해하고, 마침내 내가 살고 있는 이 세상을 읽는 일이다.

이런 적극적 읽기가 이루어질 때 읽기의 범위는 한층 확장된다. 읽기의 범위가 확장된다는 건 읽기가 책의 범위를 넘어선다는 뜻이다. 즉, 책을 읽듯이 너를 읽고, 나를 읽는다. 나아가 매 순간 일상을 읽고, 사회의 현상을 읽을 수 있는 내 안의 가능성이

발현된다. 나도 모르는 사이에 삶과 세상을 바라보는 인식의 지평이 넓어진다. 이것이 우리가 책을 읽는 진짜 이유다.

I-3_읽기 본능
태아의 예민하고 섬세한 감각

당신은 지금 깜깜한 어둠 속에 있다. 주변은 따뜻하지만 어딘지 정확히 분별할 수 없다. 그저 물을 마시며 희미한 빛과 소리에 집중한다. 소리 중에는 규칙적인 소리도 있고, 가끔 들려오는 불규칙한 소리도 있다. 당신의 의식은 낯선 소리와 낯익은 소리를 구분해낸다. 아예 들어보지 못한 소리가 들려올 때, 당신은 온몸을 긴장하며 경계한다. 그러나 익숙한 목소리가 부드럽게 당신을 부를 때는 편안해진다. 굵고 낮은 목소리가 당신을 부를 때도 있는데, 이 소리에는 조금씩 익숙해져 가고 있다. 간혹, 익숙한 목소리라도 평소와 느낌이 다를 때가 있다. 규칙적으로 들리던 소리마저 불규칙해지고, 부드럽던 소리가 날카로워질 때면 당신은 불안해진다. 지금 당신은 어디에 있는 것일까?

어둠 속에서 주로 듣는 것에 의지해 살아가는 당신은 태아다. 태아는 임신 7~8주경부터 움직이기 시작하며 촉각에 반응을 보인다. 임신 5개월쯤에는 망막이 발달해 빛의 자극에 반응할 수 있고, 6개월이 되면 자궁 밖의 소리까지 그대로 들을 수 있다. 8개월이 되면 감각기관이 완전히 발달한다. 그 후부터는 외부자극에 반응하여 웃고, 화내고, 찡그리는 등의 다양한 표정을 지을 수도 있다. 이렇게 태아는 태어나기도 전에 이미 모든 감각을 이용해 신체 외부의 상황까지 파악한다.

앞서 말한 것처럼 매일 규칙적으로 들리는 소리와 이따금 들려오는 소리를 구분하여 일상적인 것과 비일상적인 것을 가려낸다. 나아가 일상적인 소리라도 느낌이 다른 것을 구분한다. 즉, 듣는 것만으로도 상황을 파악할 수 있다. 우리는 이 세상에 태어나기 전부터 이렇게 엄마나 아빠, 바깥의 사람들과 상호작용을 했다.

이처럼 사람은 태어나기도 전, 생명을 부여받은 순간부터 본능적으로 온 감각을 동원하여 '읽는 행위'를 한다. 단지, 기억을 하지 못할 뿐. 심리학에서는 의식이 기억하는 것뿐 아니라 기억하거나 인식하지는 못하지만 무의식에 남아있는 모든 것이 삶에 지대한 영향을 미친다고 한다. 그래서 심리학은 우리가 기억하지도 못하는 어린 시절이나 태어나기도 전의 상황을 분석하여 한 존재의 현재 삶을 재조명하기도 한다.

이쯤 되면 '읽기'가 단순히 문자나 기호로 쓰인 글을 읽는다는 협소한 의미에 국한되는 것이 아님을 알 수 있다. 여기서 논의하고 있는 읽기란 '감각의 작용으로 외계의 사물이나 자극에 관해 구체적인 앎을 얻는다'는 넓은 의미다.

그렇다면 모든 감각을 활짝 열어 외부의 자극을 받아들이고 그 자극을 결정적 단서로 해서 구체적인 앎을 끌어냈던 우리의 영민한 감각은 어디로 사라진 것일까? 정보와 지식이 넘쳐나는 사회로 발전할수록 감각과 직관, 나아가 통찰로 이어지는 읽기 본능은 더 중요해지는데, 문자를 익히고 책을 읽고 학교교육을 받으면서 오히려 읽기 본능은 의식의 아래로 침전된다. '읽기'를 문자로 쓰여진 것에만 국한시키는 학습이나 교육 탓이다.

읽기가 학습의 차원에서 중요하다는 인식이 확대되면서 부모들은 자녀의 읽기 능력, 즉 독해력을 향상시키기 위해 독서논술, 역사논술, 과학논술 등의 학원에 보내기 바쁘다. 그러나 그런 학원을 다니면서 오히려 우리가 갖고 있는 읽기 본능을 더 잃어가는 것은 아닌가 하는 회의에 빠진다.

읽기 능력의 향상은 감각을 깨우는 데서 시작한다. 문자가 아닌 삶 속에서 현상을 파악하고 의미를 도출하는 읽기가 가능할 때 우리 안에서 읽기는 온전히 작동한다. 무의식은 직관적으로 삶의 모든 곳에서 읽기를 시도한다. 의식은 문자로 쓰여진 것들만을 읽기로 인식하지만 무의식은 그렇지 않다.

우리는 어렴풋이나마 감지한다. 우리가 멋진 그림과 감미로운 음악, 감동적인 영화와 사랑하는 사람을 끊임없이 읽고 있으며, 읽어내기 위해 애쓰고 있다는 것을. 실제로 우리는 책이나 신문, SNS 등 문자로 쓰인 것들 외에 매일 보고, 듣고, 느끼는 것들에 대해 단서를 찾아 의미를 해석하는 작업을 하고 있다. 엄마의 뱃속에 있을 때부터 듣고, 느끼고, 외부의 자극을 받아들이고 그것을 해석하고 반응하는 '본능적 읽기'는 계속되고 있다.

그러니 이제부터라도 마음 깊은 곳에서 보내오는 신호를 살필 일이다. 온몸의 감각을 활짝 열고 면밀히 들여다보자. 보고, 맛보고, 느끼고, 듣는 삶의 매 순간을 살피고, 이해하고, 재구성하여 의미를 분명히 해보자. 학습된 읽기 능력 위에 내면의 읽기본능을 깨우면 현상의 전체가 파악된 그 자리에서 채워지지 않던 삶의 빈칸에 들어갈 저마다의 해답이 모습을 드러내지 않을까?

I-4_의미화
읽고 쓰는 일은 어떤 의미인가?

'우리는 왜 읽고 쓰는가'를 주제로 세미나를 하면서 책읽기와 글쓰기를 지속적으로 하고 있는 직장인들과 마주했다. '우리에게 읽기가 왜 필요하며 쓰기는 무슨 의미를 갖는가?'를 개인적 차원뿐 아니라 사회적 차원까지 확대시켜 이야기를 나누었다. "개인적 차원의 읽기와 쓰기의 의미도 아직 파악이 안 되는 처지라 더 넓은 차원의 읽기와 쓰기의 의미는 와 닿지 않는다"라는 의견이 나왔다. 직장생활을 하는 중에 책을 읽고 스스로를 성찰하는 글을 쓰는 것이 필요하다고 판단해서 읽고 쓰는 모임에 참여한 분이었는데, 그 말을 듣고 우리는 언제, 어떤 필요로 스스로 읽기와 쓰기에 발을 들이게 되는지 짚어보게 됐다.

어릴 적, 우연히 친구를 따라 갔던 만화가게는 신세계였다. 그렇게 온 사방에 빽빽하게 만화책으로 꽉 찬 공간을 처음 본 데다가 어찌나 재밌던지 어느 순간 나는 만화가게 단골이 되어 있었다.

지금은 우리나라 순정만화의 고전이라 불리는 황미나, 강경옥, 신일숙의 만화부터 섭렵했다. 황미나의 만화에 등장하는 도도하면서도 아름답고 여린 듯 강한 인물들에 빠져들었고, 신화와 역사의 중간쯤에 서 있는 신일숙의 작품 속에서 온갖 고난을 겪는 사람들의 스토리는 내 마음을 온통 뒤흔들었다. 특히 소장할 정도로 좋아했던 강경옥의 만화는 등장인물 사이의 미묘한 심리를 면밀하게 포착해 나가는 그녀만의 스토리 진행이 압권이었다. 전혀 생각지 않았던 지구 바깥, 외계의 이야기를 생생하게 그려내는 그녀의 아름다운 상상력에 빠져들지 않을 수 없었다.

순정만화를 어느 정도 섭렵한 후엔 허영만과 이현세의 만화로 넘어갔는데, 일제 강점기부터 한국의 근현대사를 아우르는 내용이 많았다. 거스를 수 없는 역사의 흐름과 냉혹하고 잔인한 사회 속에서 개인의 삶이 얼마나 참혹하게 짓밟히는지 그리고 개인의 의지에 따라 그 삶이 또한 얼마나 무한히 뒤바뀌는지, 그 이중의 차원을 현실적으로 직시하게 해준 이야기들이었다. 우리나라의 역사와 사회에 관심도 없고 지식도 없던 중학생이 처음으로 사회와 개인, 국가와 개인의 관계를 깊은 의미로 흡수하는 순간이었다.

이렇듯 내 인생의 자발적인 읽기는 순전한 재미에서 시작됐다. 무료하고 지겹고, 뭔가 새로운 일이 없는지 발끝으로 흙먼지가 일도록 땅만 문지르고 있다가 만화를 만났고, 재미있어서 그 읽기를 지속했다. 그런데 재미로 시작했던 읽기가 전혀 뜻밖의 의미와 인식을 선사했다. 이전에는 생각해보지 않았던 삶의 여러 층위와 범주, 내가 알지 못하는 타인을 향한 관심, 그리하여 삶은 결코 나만의 것이 아니라 무언가 거대한 거미줄처럼 복잡하게 얽혀 있다는 인식이 생겨났다.

막연하지만 강렬한 그런 인식은 사고를 확장시켰고, 읽기의 대상 역시 확장시켰다. 만화에서 로맨스 소설로, 로맨스 소설에서 한국 단편소설로, 한국 단편소설에서 서양 고전소설로 나아갔다. 그렇게 읽기는 지속되었고, 고등학생이 되어서는 읽기의 대상이 철학으로 나아갔다.

읽기의 범위가 넓어지면서 쓰기 시작했다. 온갖 생각들, 고민들, 불평과 불만들을 내가 아는 모든 앎을 동원하여 썼다. 뭐라도 읽으면 거기서 배운 것을 근거로 그저 되는 대로, 생각이 뻗어가는 대로 썼다. 재미를 좇아 읽다가 내 존재의 열망과 자유를 따라 쓰기 시작한 셈이다.

우리 모두 비슷할 처지일 터이다. 재미있는 것 혹은 그 당시 자신에게 필요한 것을 읽으며 읽기의 범위를 넓히다가 지금 내 관심을 끄는 것, 지금 내 삶을 온통 휘어잡고 있는 문제들에 대한 생각을 정리하려고 쓰기 시작한다.

처음엔 순전히 개인적인 차원에서 읽기와 쓰기가 행해지지만, 천천히 스스로도 알지 못하는 사이에 변화가 일어난다.

읽고 사유한 것을 매일 짧게라도 쓰는 작업은 스스로의 사고를 거듭 확인하는 기회다. 나아가 자기만의 가치관을 확립하는 과정이다. 쓰기는 자칫 생각만으로 끝나거나 잊어버릴 수 있는 많은 의미 있는 것들을 내 것으로 붙잡아 두게 한다. 그리고 매일의 의미 있는 사유를 차곡차곡 쌓아올리도록 돕는다. 마침내 존재는 개인의 차원과 사회의 차원을 아우르는 깊이 있는 사유로 나아가게 된다. 그러므로 오늘, 내가 무엇을 읽고 쓰는가를 의식적으로 면밀하게 살펴볼 일이다. 그리고 꾸준히 읽고 써볼 일이다. 하루하루 나를 스치고 지나가는 다양한 의미들을 읽기와 쓰기로 붙잡아 두지 못한다면 이 삶이 얼마나 비루하겠는가!

최근 황현산 선생의 번역으로 로트레아몽의 『말도로르의 노래』가 새로 나왔다니 이 작은 소식만으로도 세상이 환해진다. 오래전 만화가게에서 본 허영만과 김세영의 만화 『카멜레온의 시』에서 로트레아몽을 처음 만났던 전율이 다시 느껴져서다. 그때는 순전히 개인적 차원으로 읽고 이해하던 글인데 어느 순간 더 넓은 시선으로 새롭게 이해하게 되니, '지금 나의 읽기가 내 개인에게 국한되는 게 아닐까?' 하는 의구심은 멀리 치워둘 일이다. 꾸준히 읽고 쓰는 일만이 중요하다. 이를 지속할 때, 우리는 존재가 궁극적으로 얻고자 하는 의미와 경지에 매일 더 가까이 다가가게 된다.

I-5_보이는 것을 읽기
우리는 세상을 읽는다,
고로 사람다워진다

아이가 초등학교 들어간 해를 떠올려보면, 입학식을 하고 두어 달이 지나는 동안 아이보다 내가 더 긴장하며 하루하루를 보냈던 것 같다. 아마도 모든 엄마들이 그러하지 않을까 싶다. '수업시간에 잘 앉아 있을까?' '친구들과는 잘 어울릴까?' '학교 규칙을 잘 지킬 수 있을까?' 등등, 지금 생각하면 우습지만 그때는 매일 조마조마하며 아이가 오기를 기다렸다.

그러던 어느 날, 하교하는 아이를 마중 나갔다가 멀리서 오는 아이의 모습을 보고 웃음이 절로 났다. 아이가 학교에서 화장실에 다녀왔다는 걸 짐작해서다. 확인해보니 아이는 자기가 말도 하지 않았는데 어떻게 알았느냐며 깜짝 놀란다.

그 후로도 나는 하교하는 아이를 보자마자 그날 먹은 점심 메뉴며 쉬는 시간에 한 놀이, 아이가 학교에서 울었던 일 등을 아이가 말하기도 전에 알아차렸다. 그런 일들이 여러 번 반복되자 어느 날 아이가 진지한 표정으로 내게 혹시 초능력이 있는지를 물었던 적도 있다.

아이가 더 이상 '초능력'을 믿지 않게 되었을 때쯤, 나는 아이에게 내 비밀을 가르쳐주었다. '나는 그저 너를 잘 살펴본 것뿐'이라고. 단정히 옷을 입혀 보냈는데 셔츠자락을 바지 바깥으로 내놓고 왔을 때, 아이가 화장실에 다녀왔다는 것을 짐작했다. 아이의 손가락에 잔뜩 묻어 온 검댕이를 자세히 살펴보다가 그날 아이가 숯을 가지고 놀았다는 것을 눈치챘다. 입가며 셔츠 앞자락에 노랗게 물을 들여 온 날 카레를 먹었음을 추측했고, 꼬질꼬질한 얼굴에 땟국물처럼 눈물자국이 난 것을 보고, 먼지 폴폴 나는 운동장에서 무슨 일이 생겨 아이가 울었다는 것을 유추한 것이다.

대학에서 '카피라이팅'과 '커뮤니케이션 개론'을 가르치면서 '읽기'에서 가장 중요한 문제는 '책을 얼마나 많이 읽느냐'가 아니라 '무엇을 어디까지 읽어내느냐'라고 강조했다. 이는 '읽는 대상'을 확장시킴과 동시에 '읽어내는 정도'에 집중해야 한다는 말이다. 한마디로 '우리 눈에 보이는 모든 것들에 대해 얼마나 깊이 있는 읽기를 적용하고 있는가'가 읽기의 핵심이라는 뜻이다.

읽기의 시작은 문자화된 모든 것, 가령 기사문이나 책이다. 그러나 우리는 일상생활 속에서 영화를 보면 영화를 읽고, 관계를 맺으면 그 사람을 읽게 된다는 것을 경험한다. 이는 눈으로 보는 모든 것들을 단지 바라보는 것에 그치지 않고, 해석하고 의미 짓는 일을 하고 있음을 뜻한다. 이렇게 읽기는 우리의 시선이 가 닿는 곳마다 행해진다. 그리하여 관심을 기울여서 본다는 일은 그것을 읽는다는 의도적인 행위를 포함하고 있음을 깨닫는다.

앞서 밝혔듯이 책을 읽는 이유는 바로 의미 있게 바라보는 모든 것들을 제대로 읽어내기 위해서다. 책을 읽고, 그 뜻을 해석하고 의미를 이해하는 방식을 그대로 세상으로 확장시키기 위해서다. 책의 내용을 이해하고, 저자를 이해하고, 그 책에 나온 사람들을 이해하고, 종국에 그 책을 읽은 나와 이 사회를 이해하는 일이 한 권의 책을 읽는 일이다. 이렇게 한 권, 두 권 책을 읽으며 그런 '읽기의 시선'을 나와 내가 존재하는 이 사회로 적용시켜 나가는 힘을 기르는 것이다. 그 힘으로 엄마의 눈빛을 읽고, 친구의 표정을 읽는다. 앵커가 전하는 뉴스만이 아니라 너머의 진실을 읽게 된다. 나아가 사회와 삶의 현상 속에서 보이는 것뿐 아니라, 보이지 않는 이면을 읽게 된다.

정혜윤의 『삶을 바꾸는 책읽기』에는 일흔이 넘어 한글을 배운 할머니 이야기가 나온다. 저자는 일흔이 넘어 한글을 배우고 여든이 되어 시를 쓰기 시작한 할머니를 보고 스스로에게 '읽는다는 것은 무엇인가?' 쓴다는 것은 혹은 배운다는 것은 무엇인가?'를 묻는다. 그러다 할머니 말씀을 듣고 깨닫는다.

> "시를 쓴 뒤 할머니의 삶은 변했습니다. 자꾸만 보게 된다는 거죠.
> 나뭇잎 하나라도 자꾸만 들춰보게 된다는 거죠."

저자는 할머니의 '읽기'와 '쓰기'에 대한 이야기를 하는 듯하지만, 종국에는 '시선이 닿는 모든 것에 대해 읽기'를 시도하는 삶의 방식 혹은 그로 인한 일상의 변화를 전달한다. 그 누구도 할머니에게 무엇을 어떻게 읽어야 하는지 가르쳐준 사람은 없다. 할머니는 글자를 익힌 후 글을 읽으며, 당신만의 감정과 인식으로 시를 쓰면서, 마침내 자신의 삶과 이 세상으로 읽기를 확장시키는 깨달음에 도달했다.

나는 이것이 사람의 본성이자 본질이라고 믿는다. 끊임없이 앎을 추구함으로써 사리를 분별하고 옳은 가치를 선택하는 것, 그 과정에서 지속적으로 성장하며 스스로의 존엄을 지키는 것이 바로 '사람다움'의 실현이다. 그러므로 사람으로 태어난 모든 존재는 사람다움을 향해 나아갈 의무가 있다.

여기, 사람다움으로 가는 즐거운 길이 있다. "우리는 세상을 읽는다. 고로 존재한다"라는. 이 길은 확장된 읽기의 경험으로 우리를 사람다운 존재로 나아가게 하며, 사람다움을 잃지 않게 한다. 나는 우리들 한 명 한 명이 보이는 모든 것에 대해 의식적으로 '읽기'를 시도함으로써 자기만의 삶의 의미와 저마다의 존엄을 지키며 살길 바란다. 쉼 없는 성찰과 사유가 결국 더 나은 나, 더 성숙한 사회로 가는 지름길인 까닭이다.

I-6_관찰과 질문
꼰대로 늙느냐, 마느냐!
그것이 문제로다!

언젠가 창고형 대형마트에 갔을 때였다. 미역을 사려고 하는데 종류와 가격이 너무 다양해서 한참을 따져봐야 했다. 나보다 연세가 더 드신 듯한 아주머니도 어떤 미역을 사야 할지 결정을 못 하고 있었다. 내가 나름의 기준으로 선택의 폭을 좁혀가고 있을 즈음 아주머니가 말을 걸어왔다.

"뭐가 이렇게 미역 종류가 많대요?"

멋쩍게 웃길래 나도 따라 웃으며 아주머니 표정을 읽는다. 내 의견이 궁금한 모양이다.

"그러게요. 저도 고르기가 어렵네요."

내가 답하니 아주머니는 미역 한 봉지를 골라 들어 보인다.

"이게 낫나? 뭐가 나을까?"

은근슬쩍 말까지 놓는다. 그러나 불쾌하기는커녕 친근감이
느껴진다. 나 역시 그 미역을 살까 생각하던 중이었다.

"저도 그게 낫다 싶어요. 원산지 차이인 것 같은데, 그게 진도산
이래요."

우리는 그날 처음 만난 사이였지만, 미역을 고르기 위해 서
로 도왔고, 같은 미역을 선택하면서 동질감을 느꼈으며 그리하
여 헤어질 때는 다정하게 작별인사까지 건넸다. 그날 나는 이런
만남을 두세 번 더 반복했다. 정수기 필터를 사러 가서는 내게
질문을 던지는 아주머니께 제품 정보를 전달했고, 집에 전화해
서 필터 모양을 확인하라고 부추겼고, 전화통화가 끝날 때까지
기다렸다가 맞는 제품을 골라드렸다. 반대로 나 역시 처음 만난
아주머니께 질문을 하고 도움을 받았다. 그렇게 몇몇 분들과 작
별인사를 건네고 돌아서면서 놀라웠다. 우리는 어떻게 그토록
스스럼없이 자유로운 의견을 나누며 합의된 결론까지 도달할
수 있었던 걸까?

소위 '아줌마' '아저씨'로 불리는 중년은 대인관계 양상이 젊을 때와 확연히 달라지는 나이이기도 하다. 중년을 지나 노년으로 향할수록 처음 만난 사람들과도 스스럼없이 긍정적인 관계를 형성하는 사람들이 있는 반면, 점점 더 경직된 인간관계를 이루어 나가는 경우도 볼 수 있다. 특히 경직된 인간관계를 이루는 사람들의 부류는 원래 있던 관계마저 어색해지곤 한다. 도대체 이 차이는 어디에서 오는가? 나이가 들수록 경직되어 가는 인간관계를 이끄는 사람을 표현하는 '꼰대'라는 단어에서 그 답을 찾아보자.

위키백과에서는 "꼰대는 기성세대나 선생을 뜻하는 은어"라고 정의한다. '탐사보도 뉴스타파'의 김진혁 PD는 2015년 5월에 제작한 5분 시사 영상 '선배와 꼰대'에서 "자신의 경험을 일반화해서 남에게 일방적으로 강요하는 것을 꼰대질로 본다"라고 설명한다.

'꼰대'라는 단어의 유래는 분분하다. 흔히 알려진 어원은 "영남지방에서 번데기를 뜻하는 '꼰데기'의 변형"이라는 설이다. 나이 든 사람들이 번데기처럼 주름이 많아서 꼰대라고 부른다는 것이다.(아시아경제 2016년 9월 19일 카드뉴스 '꼰대라는 말이 프랑스에서 왔다고?' 에서 인용)

또 다른 일설에 따르면 꼰대는 백작의 프랑스어 '콩테'(comte)에서 유래했다고도 한다. 일제 강점기 일본으로부터 백작, 공작, 후작 등 작위를 받은 친일파들이 스스로 '콩테'라고 자랑하고 다녔고, 이를 비웃던 백성들이 일본식 발음으로 '꼰대'라고 불렀다는 것이다.(한겨레 2016년 11월 24일 김미영 기자 '나 이런 사람이야…그대가 꼰대'에서 인용)

마지막으로 '거들먹거리다, 잘난 체하다'라는 뜻을 가진 영어 단어 '콘디센드'(condescend)에서 유래됐다는 설도 있다.(위와 같은 기사에서 인용)

그런데 요즘 쓰이는 '꼰대'는 나이의 많고 적음을 떠나 자기의 생각을 남에게 강요하고 남의 말은 전혀 듣지 않는 폐쇄된 사고방식을 갖고 있는 모든 사람을 빗대는 의미로 확대되고 있다.

이런 의미를 살피다 보니 '사고의 개방성과 유연성'에 결정적인 차이가 있음을 알 수 있다. 마트에서 아주머니와 내가 어떻게 말문을 트게 되었는가를 떠올려보면, 아주머니의 질문이 시작이었다. 질문을 던진다는 것은 자기의 의견을 고집하기 이전에 상대의 의견을 먼저 알고자 하는 유연하고도 개방적인 태도다. 질문을 던질 수 있다는 것은 스스로 모르고 있다는 사실을 흔쾌히 인정한다는 뜻이며, 모르는 것을 알고자 하는 의지가 있다는 뜻이다. 그만큼 사고가 열려있다는 반증이다. 그리고 그런 열린 태도는 상대를 변화시키는 힘을 갖는다. 내성적이고 소극적인 내가 스스럼없이 아주머니와 대화를 나눌 수 있었던 것은 아주머니의 유연하고 개방적인 태도 덕이었다.

하버마스는 이를 '의사소통적 이성'이라고 말하며 그의 이론에서 중요하게 다루는데, 열린 자세로 경청하고 무언가를 함께 만들어내기 위해 이성을 활용하는 것을 뜻한다. 그는 이런 '의사소통적 이성'을 작동시키는 커뮤니케이션은 '시민의 자율적인 공론장을 형성'하는 기반이 되며, '생활 세계의 식민지화'를 막는 역할을 한다는 데 주목한다.

질문을 던지며 답을 구하는 사람에게는 누구도 '꼰대'라는 단어를 붙일 수 없다. 그런 사람은 하버마스의 표현대로 '열린 자세로 경청하고 함께 (최선의 답을) 만들어내'려는 사람이기 때문이다. 반면, 경직되고 폐쇄적인 태도는 스스로가 모른다는 것을 인정하지 않음을 전제하므로 어떤 질문도 일어나지 않는다. 알고자 하지 않는다는 것은 읽기를 거부한다는 것과 같다. 결국 이들의 삶은 정체되고 경화되며 소외되고 서서히 퇴보한다. 자기도 모르는 사이에 '꼰대'가 되어간다.

나이와 상관없이 타인에게 질문을 할 수 있는 사람은 알고자 하는 의지가 명확한 사람이다. 나아가 자기가 맞닥뜨린 상황에 대해 자신의 무지를 인정하고 자세히 살피며 관찰하고 해석하는 읽기를 실행하는 사람이다. 그러므로 세상을 향한 읽기의 태도를 잃지 않는 한, 우리는 꼰대가 아닌 유연한 어른으로 나이 들 수 있다. 오히려 나이가 들수록 더 깊은 질문과 최선의 답을 구하는 현명함을 얻을 수 있다.

I-7_읽기가 없는 삶의 비극 1
오늘, 서울의 아이히만

　A는 고등학교를 졸업하고 곧장 공장노동자로 취직했다. 주문이 많을 때면 야근도 휴일근무도 마다하지 않고 열심히 일했다. 묵묵히 성실하게 일하는 A는 상사의 눈에 띄게 되었고 나이가 들자 공장관리자로 일하게 되었다. 성실하게 일해 온 지난날이 뿌듯했다.

　휴일 근무나 야근을 하면 별도의 수당을 지급하는 시대가 되었는데 회사는 수당을 제대로 지급하지 않았다. 부당한 회사의 처우에 항의하는 직원들이 생겨나기 시작했다. 일이 커질 기미가 보이자 회사는 이들과 협상하기보다는 주동자들을 정리하고자 했다. A에게 그들의 일거수일투족을 살피고 기록하는 새로운 업무가 주어졌다. A는 늘 그렇듯이 주어진 업무를 묵묵히 수행했다. A는 인사팀에서 보내온 명단에 적힌 사람들의 출퇴근

기록부터 개별 업무현황과 일상적 행동까지 일일이 조사하고 매일 기록해서 제출했다. 이를 기반으로 회사의 부당함에 항의하거나 개선을 요구하는 데 앞장선 직원들이 해고되기 시작했다. 해고의 이유는 지각, 관습적으로 일어나는 돌발 상황, 일상적인 업무 습관 등 사소한 것들이었지만, 회사규정을 들먹이며 책임을 물으니 당할 수밖에 없었다.

결국 해고당한 사람들은 회사와 A를 원망하기 시작했고, 회사와 A 모두를 고소하는 지경에 이르렀다. A는 억울했다. 자기는 그저 주어진 업무에 충실했을 뿐인데 고소까지 당하고 보니 이게 무슨 일인가 싶어 잠도 오지 않았다. A가 잘못한 것은 무엇일까? A는 잘못을 하긴 한 걸까?

일찍이 중세의 철학자 토마스 아퀴나스는 "누군가가 단적으로 인식해야 하는 것을 알고자 하지 않을 때 그는 태만함으로 죄를 짓는다"라고 했으며, 나아가 "자기 행위의 결과를 의식적으로 무시하려고 했을 때 그는 자신의 행위를 모르면서 행동했다고 할 수 없으므로 죄를 짓는 것"이라고 말했다.

요컨대 무지는 잘못의 원인이며 죄가 될 수 있다는 뜻이다. 알아야 할 것을 알고자 하지 않거나, 자기 행위가 일으킬 결과를 고려하지 않고 하는 행동은 죄가 된다. 이는 나도 모르는 사이에 내가 오늘의 아이히만이 될 가능성이 언제든 있다는 뜻이다.

오토 아돌프 아이히만(1906~1962)은 제2차 세계대전 당시 홀로코스트의 전범으로 유대인 박해의 실무 책임자였다. 종전 후 아르헨티나에 숨어 살다가 1960년 이스라엘 정보기관에 체포돼 이스라엘에서 공개 재판 후 1962년 교수형에 처해졌다. 정치철학자 한나 아렌트는 그의 재판과정을 지켜본 뒤 저서 『예루살렘의 아이히만』을 썼다. 이 책에서 그녀는 "다른 사람의 처지를 생각할 줄 모르는 생각의 무능은 말하기의 무능을 낳고 행동의 무능을 낳는다. … 그는 아주 근면한 인간이다. 그리고 이런 근면성 자체는 범죄가 아니다. 그러나 그가 유죄인 명백한 이유는 아무 생각이 없었다는 점이다. … 나치즘의 광기로든 뭐로든 우리에게 악을 행하도록 계기가 주어졌을 때 그것을 멈추게 할 방법은 생각하는 것뿐이다"라고 적었다. 즉, '타인의 입장에서 생각하기'를 하지 않을 때, 우리 중 누구라도 아이히만과 같은 악행을 저지를 수 있다는 뜻이다. '다른 사람의 입장에서 사유하기의 불능성'이 '악의 평범성'의 주범이다.

A는 근면하게 주어진 일을 했고, 그 일로 다른 대가를 받은 것도 아니므로 잘못이라는 인식이 없었다. 그러나 그는 명백하게 '무지의 죄'를 저질렀다. '자신의 행동이 어떤 결과를 낳을 것인가'에 관한 생각을 하지 않아서다.

이것이 내 사소한 언행과, 타인의 반응과, 관계의 맥락과 배후의 상황을 면밀하게 살피고 인식하여 의미를 해석하는 읽기가 필요한 이유다.

당신이라면 어떤 선택을 할 건가요?

'읽기를 하지 않는다면 무슨 일이 벌어질까?' 이 물음에 관한 직접적인 답을 하는 소설이 있다. 베른하르트 슐링크의 『더 리더: 책 읽어주는 남자』다. 언뜻 열다섯 살 남자아이와 서른여섯 살 여성의 로맨틱한 관계를 펼쳐내는 것 같은데, 사실은 삶 속에서 '읽기'가 가능한 사람과 그렇지 못한 사람의 인생이 어떻게 확연히 다른 길을 가게 되는가를 보여준다.

열다섯 살 미하엘은 서른여섯 한나에게 강렬하게 끌린다. 마치 '외부세계를 잊어버린 듯' 스타킹을 신는 한나의 몸놀림이 미하엘의 심장에 낙인처럼 찍힌다. 오랫동안 병석에 누워 있는 사람 특유의 감각도 일조를 한다. 미하엘은 그해 가을부터 다음해 봄까지 간염으로 병석에 누워 있었다. 바깥세상과 격리된 채 "자유시간의 세계는 아주 희미한 소리"로만 느낄 수 있는 그런 "마법의 시간"을 겪은 사람의 감각이기에 남달랐던 것이다.

> "병실 안에는 환자가 읽고 있는 이야기와 형상들의 세계가 무성
> 하게 우거져 있다. 고열은 주변 세계에 대한 감지력을 떨어뜨리고
> 상상력을 날카롭게 해 병실을 하나의 새로운, 친숙하면서도 낯
> 선 공간으로 만들어준다."

　미하엘의 날카로운 상상력은 독자로 하여금 이들의 사랑을 현실적인 것 이상의 무엇으로 감지하게 하고, 허용하게 한다. 미하엘은 한나에게 받은 강렬한 이미지를 떨치지 못해 다시 한나를 찾아가고, 첫 관계를 맺는다. 한나는 지극히 자연스럽고 당당하게 미하엘을 이끌고, 미하엘은 그런 한나의 몸짓에 매료된다. 이들 관계의 특이한 점은 한나의 요청으로 관계를 지속하는 17개월여 동안 미하엘이 한나에게 꾸준히 책을 읽어준다는 것이다. 그리고 한나가 느닷없이 떠나버리는 것으로 관계는 끝이 나고 만다.

　그러나 이야기는 지금부터다. 미하엘이 법과대학에 들어가고 재판 세미나 수업을 듣게 되면서 그들은 뜻밖의 재회를 한다. 한나가 나치 치하에서 유대인 수용소의 감시원으로 일한 경력으로 체포되어 전범으로 재판정에 서게 되었기 때문이다. 오랜 시간이 흐른 뒤 법정에서 만난 한나의 뒷모습을 보면서 미하

엘은 "그녀의 머리와 목덜미와 어깨를 보았다. 나는 그녀의 머리와 목덜미와 어깨를 읽었다"라고 표현한다. 미하엘은 무엇을 읽었던 걸까?

"재판에서 자신이 언급될 때면, 그녀는 특히 머리를 높이 치켜들었다. 부당한 대우를 받고 있다고, 중상모략을 받고 있다고 그리고 공격을 받고 있다고 느껴져 이에 대해 무슨 말을 하려고 할 때면, 어깨를 앞으로 내밀었다. 그때마다 목덜미가 부풀어 올랐고 근육의 가닥들은 더욱 불거져 보였다. 나름대로 답변을 하려는 시도는 매번 실패했고, 그때마다 그녀의 어깨는 아래로 처졌다."

책에서는 미하엘이 한나를 자세히 살펴보는 일을 '읽는다'라고 표현한다. 그리고 법정의 판사와 참심원, 심지어 재판을 지켜보는 학생들까지 모두에게 일어나는 마비증상에 대해 서술한다.

"마비증세는 판사와 참심원들에게서 가장 심하게 나타났다. 그들은 재판이 시작된 처음 몇 주 동안에는 때로는 눈물과 함께, 때로는 힘겨운 목소리로, … 소상히 밝혀지는 끔찍한 사실들을 누가 봐도 알아차릴 수 있는 놀라움이나 힘겹게 평정을 유지하려는 표정으로 경청했다. 시간이 지나면서 그들은 정상적인 얼굴빛을 되찾았고, 미소를 머금은 얼굴로 서로 무슨 말을 속삭이기도 했으며, … 재판 중에 이스라엘로 가서 한 여자 증인의 말을 들어보자는 의견이 나오자, 그들은 여행에 대한 기대감으로 들뜬 표정을 짓기도 했다. … 바로 그 경악스러움이 그들의 일상 속으로 침입하는 일이었다. … 이러한 마비상태 속에서 삶의 기능은 최대한도로 축소되고, 사람들의 행동은 다른 사람들에 대해 무관심하고 무자비해지며 가스를 살포하고 사람을 태워 죽이는 것이 일상적인 일이 되는 것이다. … 그들은 마취되거나 술에 취한 듯 무자비와 무관심, 불감증을 보였다."

그러나 한나에게게만은 이런 마비증상이 보이지 않는다. 한나는 맥락이나 분위기와 상관없이 자신이 생각하는 발언을 하며, 자신의 무죄를 증명하려고 안간힘을 쓴다. 어떤 면에서 이는 몹시 모순된 장면이다.

"그녀는 자신의 끈질긴 태도가 재판장의 심기를 건드리고 있다는 사실을 알아차리지 못했다. 그녀는 이야기의 맥락에 대해서, 게임의 규칙에 대해서, 그녀의 발언과 다른 사람들의 발언을 유죄와 무죄, 유죄 판결과 무죄 판결의 실마리로 삼을 수 있는 법칙들에 대해서 아무런 의식이 없었다."

이런 의식이 없는 상태를 미하엘은 "그녀의 상황판단력 결여"라고 표현하며 판사나 참심원들의 '마비증상'과는 엄연히 다르다고 서술한다. 그녀는 분명히 깨어있다. 다만, 그 맥락을 혹은 규칙을, 명료한 법칙들을 의식하지 못할 뿐이다. 결국, '한나'가 문맹자임이 드러나면서 한나의 '의식이 없는 상태', 곧 '상황판단력 결여'의 원인이 밝혀진다. 그리하여 이 소설은 '읽기의 부재'가 곧 '사유의 부재'로 직결된다는 사실을 독자에게 전달한다.

> "우리는 무슨 일을 해야 할지 몰랐습니다. … 당신이라면 어떤 선택을 할 건가요?"

법정에서 한나는 판사에게 진심으로 답을 구하며 되묻는다. 그러나 판사는 끝끝내 온전한 답을 하지 못한다. 그렇다면, 한나는 도대체 어떤 사람일까? 나치 전범이었던 그녀는 어떻게 미하엘에게는 그토록 당당하고 자신감 넘치는 아름다운 여인이었던 걸까?

미하엘과 한나를 이해하려면 그들의 특성을 먼저 이해해야 한다. 열다섯 살이던 미하엘은 한나를 처음 만났을 때부터 그녀를 읽어내는 섬세한 소년이었다. 그는 스타킹을 신는 그녀의 태도와 몸놀림을 읽고 그녀에게 매료되었다. 그런 능력이 미하엘이 병석에 있는 동안 읽었던 책 때문인지, 병석에서 회복한 미세한 감각 덕분인지 분명치 않지만, 미하엘은 '읽기'를 지속하고, 그것을 일상으로 확대시킬 줄 아는 사람이었다.

그렇다면 한나는 어떤 사람일까? 그녀는 성실하고 분명한, 그래서 남다른 분위기를 자아내는 여인이다. 섬세한 미하엘의 마음을 빼앗아갈 만큼. 다만, 그녀의 성실함과 분명함은 그녀의 건강한 기질이긴 하지만 자발적으로 일어나지 못한다. 그녀가 말한 것처럼 그녀는 "무슨 일을 해야 할지 몰랐"다. 요컨대, 개인적이고 일상적 차원에서는 당당하고 분명하나, 공적이고 사회적인 차원에서는 누군가의 지시나 요구 없이는 무슨 일을 해야 할지 결정할 수 없는 사람이다. 왜냐하면 그녀는 '문맹'이기 때문이다. 그래서 본능과 판단 사이에 있어야 할 이성과 사유의 지점이 비어있다.

우리의 생각이 어떻게 진행되고 완결되는지 살펴보면 읽는다는 일이 얼마나 인식과 사유의 과정에 깊게 관여하는지를 더 쉽게 이해할 수 있다. 만일, 지금 우리가 해결해야 할 문제에 봉착했거나 무언가 불공정한 일을 당했다고 생각해보자. 우선, 우리는 그 상황에서 가장 문제가 되는 것이 무엇인가를 살핀다. 그때의 상황을 장면 즉 이미지로 떠올리고, 당시 오갔던 대화 중 중요하게 여겨지는 말이 문자화되어 또박또박 머릿속에 떠오르는 것을 느낀다. 나아가 그 상황에서 어떤 반박을 해야겠다고 결심할 때, 내게 던져진 말과 내가 던질 말을 머릿속에서 문자로 정리

우리는 이 시대에 대해 혹은 매일의 삶에 대해
어떤 태도로 살아가고 있는가?
우리는 충분히 사유하고 있는가?

우리는 삶의 모든 방향에서 일어나는 현상에
매 순간 '읽기' 행위를 작동시킬 능력이 있다.

우리에게 '일상 읽기'가 필요한 이유는
그것이 사람다움과 존재의 존엄을 유지할 수 있는
사유의 길이기 때문이다.

하고 확인하는 '읽는 존재로서의 나'를 발견한다.

이처럼 우리는 자신도 모르는 사이에 상황에 관한 사유를 이미지와 문자로 또렷하게 떠올린다. 문자로 쓰여진 '책상'과 실제 책상의 역할을 하는 물체 사이에는 아무런 연관성이 없지만, 책상으로 쓰이는 물체를 볼 때 '책상'이라는 문자를 머릿속으로 그려내는 것과 같다.

요컨대 뚜렷한 실체가 없는 개념이나 눈으로 보이는 물체, 이야기로 이해해야 하는 사건 혹은 관계를 개념 짓는 것이 바로 문자다. 모호한 개념이나 상황에 또렷한 실체를 부여하는 것이 문자라고 한다면, 문자를 익힌다는 것은 안개처럼 모호한 의식과 감각을 또렷하고 객관적으로 인식하기 위해 실체를 부여하는 작업이라고 말할 수 있다.

결국 한나의 결정적인 불행은 그녀가 '문맹'이었다는 것에서 비롯된다. 성실하고 분명하여 남다른 몸가짐이 가능했던 그토록 아름다운 그녀는, '읽기'가 불가능하다는 이유로 그녀가 행하는 일이 무엇인지 사유하지 못한 채 권력이 지시하는 대로 타성적으로 살 수밖에 없었다. 문맹인 그녀는 미하엘의 말을 빌리자면 "미성년 상태"에서 삶의 대부분의 시간을 보냈다. 그렇기에 그녀가 행한 일이 옳은 것인지 그른 것인지, 유대인들을 가스실에 보내는 일이 어떤 의미인지에 대해 다양한 관점에서 생각해 볼 엄두를 낼 수 없었다.

『더 리더 : 책 읽어주는 남자』가 단순한 남녀의 사랑 이야기를 넘어서는 건 이렇게 존재의 사고와 의식이 그가 살아가는 시대와 맞물려 삶에 어떤 영향을 미치는지에 대한 이야기로 확장되기 때문이다.

　우리는 이 시대에 대해 혹은 매일의 삶에 대해 어떤 태도로 살아가고 있는가? 우리는 충분히 사유하고 있는가? 우리는 문맹이 아니다. 그럼에도 우리는 일상에 대한 새로운 시선도 다양한 사유도 없이 매일을 기계적으로 반복하는 "마비증세"를 보이며 살아가고 있는 것은 아닐까? 지금 어떤 상황이 벌어지고 있는지 그 맥락도, 규칙도, 법칙도 의식하지 않는 상태로 말이다.

　그렇더라도 우리는 문맹이 아니기에 희망이 있다. 우리는 삶의 모든 방향에서 일어나는 현상에 매 순간 '읽기' 행위를 작동시킬 능력이 있다. 오늘 나에게, 지금 우리에게, 여기 이 시대에 어떤 일이 일어나고 있는지 면밀히 관찰하고, 다양한 관점으로 인식하고 해석할 수 있다. 우리에게 '일상 읽기'가 필요한 이유는 그것이 사람다움과 존재의 존엄을 유지할 수 있는 사유의 길이기 때문이다.

II-1_새롭게 보기
비 갠 뒤의 산책을 좋아하세요?

요 며칠 계속 비가 온다. 주말 내내 집에서 세차게 내리는 빗소리를 들으며 지냈다. 아파트의 꼭대기 층이라 '타닥타닥' 요란한 빗소리가 나는 게 제법 도시를 벗어난 느낌마저 자아낸다.

잠시 비가 그친 틈을 타 산책 겸 장보기에 나섰다. 세상은 아침에 일어나 갓 세수한 것 마냥 말간 얼굴이다. 나뭇잎마다 방울방울 물방울이 맺혀 있고, 커다란 나무기둥은 촉촉하게 젖어 있었는데 간혹 비바람을 피해간 부분만 허옇게 말라 있어 비바람이 어떤 방향으로 불었는지 유추할 수 있다. 가는 가지들은 여기저기 꺾여 떨어졌고, 세찬 비바람을 버틴 가지들만 장하게 살아남았다.

대롱대롱 맺힌 빗방울들을 보다가 김창열 화백이 떠올랐다. '물방울 화가'라는 별칭답게 거친 천 위에 실제로 물방울이 맺혀 있는 것 같은 작품으로 유명하다. 물방울 수만큼 그림값이 올라간다는 우스갯소리가 있을 만큼 그의 그림은 인기가 있다.

그저 막연히 추측해본다. 이렇게 비가 쏟아져 내리다가 잠시 그쳤을 때, 김 화백도 나처럼 잠시 산책을 나왔다가 풀잎마다, 나뭇잎마다, 대롱대롱 방울방울 맺힌 물방울을 보게 된 게 아닐까?

물방울은 들여다보면 볼수록 신비롭다. 폭 스며들지도 않고, 또르르 굴러 내리지도 않으면서 아슬아슬 표면 위에 존재한다. 최대한 동그랗게 똘똘 뭉쳐서 물기를 지켜낸다. 해가 나면 금세 증발하고, 다시 비가 오면 속절없이 흘러내리겠지만 존재할 수 있는 그 찰나를 지키고 있다. 자세히 보면 투명한데 경계가 있고, 그 경계는 수용적이라 다른 것과 닿으면 바로 풀어진다.

그것만이 아니다. 모든 색을 수용한다. 어디에 자리 잡았는가에 따라 바로 그 색의 물방울이 된다. 또 빛의 각도나 보는 사람의 시선에 따라 색을 바꾸기도 한다. 심지어 돋보기처럼 크게 보이게 하는 효과도 있다. 요모조모 따져볼수록 새로운 사실들이 새록새록 드러난다.

김창열 화가는 그런 물방울의 신비로움을 면밀히 살펴보았을 터이다. 그래서 그려보기로 한 게 아닐까? 물론, 화가에 대해 아무것도 모르는 나의 추측에 지나지 않는다. 그토록 물방울을 면밀하게 살피고 그렸으니 물방울에 관해 무언가 느낀 바가 있

읽기의 발견

잠시 비가 그친 동안 장을 보러 가면서
나뭇잎, 물방울, 투명함,
비 온 후 변화한 자연의 빛깔과 모습을
자세히 관찰했다.

자세히 본다는 것은 섬세하게 느낀다는 것이고,
섬세하게 느끼게 되면 좀 더 면밀하게 생각하게 된다.
대상이 무엇이든 관찰은 스스로도 예측하지 못한
차원의 사유로 나아가게 하는 힘이 있다.
그리하여 면밀하게 살펴보는 일은 읽어내는 일과 같다.

지 않았을까 가늠해볼 뿐이다.

나는 오늘 책을 읽는 것처럼 비 오는 날의 물방울을 읽었다. 더불어 그림을 통해 화가의 마음을 추측하고 읽어보았다.

책을 읽다 보면 '묘사'라는 기법으로 쓰인 문장이 있다. 『초등국어 개념사전』에서는 묘사를 "어떤 사물에 대해 그림을 그리듯이 생생하게 표현하는 것"이라고 설명한다. 더 자세하게는 "어떤 대상이나 사물, 현상 따위를 말이나 글로 서술하거나 그림을 그려서 표현하는 것"이라고 설명한다. 그런 의미에서 김창열 화가도 묘사의 기법으로 물방울을 표현한 것이라고 할 수 있다.

> "천둥과 번개가 치고 하늘이 둘로 갈라졌다. 세찬 바람에 나무들이 이리저리 휘어지고 대기는 라벤더 향이 실린 짙은 공기로 가득했다. 그 어둠과 혼돈 아래 동굴인지 궁궐인지 모를 은신처가 있었다. 바닥에는 여름의 홍수로 물이 흥건했고 벽에는 주황색 등불이 켜져 있었다. 빗줄기가 지붕을 두드려댔다."(스티븐 테일러 골즈베리의 『글쓰기 로드맵 101』 중에서)

배경 묘사에 해당되는 좋은 글이다. 그런데 가만히 읽어보면 배경 묘사라는 게, 우리가 빗소리를 가만히 듣고 있을 때나 비가 오는 거리를 혼자서 천천히 걸어갈 때 보고, 느끼는 것들을 그대로 옮겨놓은 것과 같다.

글이나 그림은 모두 우리가 보고, 느끼고, 생각하는 것을 기반으로 표현한다. 우리가 읽는 책, 보는 그림, 시청하는 영화와 드라마, 듣는 음악까지 모든 것이 우리가 일상에서 보고, 듣고, 느끼고, 생각하는 것들에서 시작된다. 다만 그것들이 그렇게 표현되기까지는 좀 더 면밀한 보기, 듣기, 느끼기 등의 섬세하고 끈질긴 과정이 더해진다.

잠시 비가 그친 동안 장을 보러 가면서 나뭇잎, 물방울, 투명함, 비온 후 변화한 자연의 빛깔과 모습을 자세히 관찰했다. 자세히 본다는 것은 섬세하게 느낀다는 것이고, 섬세하게 느끼게 되면 좀 더 면밀하게 생각하게 된다. 대상이 무엇이든 관찰은 스스로도 예측하지 못한 차원의 사유로 나아가게 하는 힘이 있다. 그리하여 면밀하게 살펴보는 일은 읽어내는 일과 같다.

『모든 것은 빛난다』에서 휴버트 드레이퍼스와 숀 켈리는 『모비 딕』의 다음 구절을 인용한다.

> "나는 오랫동안 되풀이된 경험을 통해 느낀 바 있다. 인간이란 어떤 경우에서건 자기가 얻을 수 있는 행복에 대한 기대치를 결국에는 낮추거나, 적어도 전환시켜야 한다는 것을 말이다. 행복은 결코 지성이나 상상 속에 있는 것이 아니라 아내와 심장, 침대, 식탁, 안장, 난롯가 그리고 전원 등에 있는 것이다."

그런 다음 저자들은 다음과 같이 말한다.

"이렇듯 표면에 머무르며 사는 능력, 즉 일상 속에 감춰진 목적을 찾는 대신 그것이 선사하는 의미들을 그대로 받아들이는 능력, 이미 주어져 있는 행복과 즐거움을 발견하는 능력은 기독교 이전 시대에서는 쉽게 만날 수 있는 것이었다"라고.

저자들은 기독교 이전 시대의 자유롭고 훨씬 인간다운 사유를 강조하려고 이 문장을 썼을 테지만, '표면에 머무르며 사는 능력'이라는 구절은 내가 이 책에서 제안하는 '일상 읽기'와 긴밀하게 연결된다. 어떤 깊은 혹은 궁극적인 목적을 찾기 위해 삶에 버거운 무게를 두고 보이지 않는 길을 찾아 헤매기보다는 '지금, 여기' 내게 주어진 것, 내 앞에 드러나 있는 것에 머물며 그 안에서 즐거움과 기쁨을 느끼고, 나아가 의미를 찾는다는 면에서 그렇다.

그러나 '드러나 있다'고 해서 의미를 거저 건져 올리는 것은 아니다. 바로 앞에서 말한 것처럼 표면에 머물러야 한다. 머무르며 면밀하게 관찰하고, 살피고, 낯설게 보면서 새로움을 느낄 때 그 과정에서 삶의 기쁨과 의미를 획득한다.

대학원 시절, 나는 지도교수님께 용기를 내어 여쭈었다.

"선생님, 우리가 살아가는 삶의 의미는 무엇입니까?"

선생님은 참으로 재밌다는 표정으로 답했다.

"삶에 무슨 큰 의미가 있을 거란 생각을 버리게."

그땐 그 답이 충격이었다. 의미를 잡아보겠다고 살아왔던 그때까지의 내 삶이 무너지는 듯 슬프기도 했다. 그런데 지금은 그 말씀이 어떤 의미였던가를 짐작한다. 재미있다는 듯 나를 보던 선생님 특유의 표정에까지 지금은 퍽 깊은 정을 느낀다.

"행복에 관한 기대치를 낮추"거나, "전환"시키며 "표면에 머무르"는 삶을 산다는 것은 꿈꾸던 삶을 포기한다거나 삶의 의미를 가볍게 여기는 것과 다르다. 매 순간, 매 상황마다 의미를 발견할 수 있다는 희망이다. 의미를 찾기 위해 궁극의 목적과 깊이에 집착하지 않고, 그저 내가 살아가는 모든 순간을 긍정하고 의미를 발견한다는 뜻이다. 매일 '어떻게 살아야 잘 살 수 있는가?'라고 물으며 고민하는 사람이 찾지 못하는 답을 자기 앞에 놓인 매일을 성실하게 살아가는 사람이 찾는 것과 같은 이치다.

비 오는 날, 비가 오는 풍경을 바라보며 비와 빗방울에 온전히 집중한 하루를 보낸 것이 일상을 오히려 풍요롭고 즐겁고 의미 있게 만들어주었다. "일상 속에 감춰진 목적을 찾는 대신 그것이 선사하는 의미들을 그대로 받아들이"는 하루를 보내자 삶은 이렇게 뜻 깊은 선물을 내어 놓는다.

아무것도 하지 않은 하루

고등학교 3학년 때다. 담임은 영어 담당 할아버지 선생님이
었는데 박식하고 말씀도 재밌게 했다. 쉬는 시간이나 점심시간
에 교무실에서 선생님과 이런저런 대화를 나누는 게 내 학교생
활의 즐거움이었다. 선생님과는 주말에도 가끔 전화통화를 하
곤 했는데, 지금도 기억나는 통화내용이 있다.

주말에 선생님은 뭐하실까 궁금한 마음에 전화를 드렸다.
선생님은 전혀 뜻밖의 답을 하셨다.

"응, 그냥 천장 벽지 보고 있어."

짐작하지 못했던 답이라 '그건 왜 보고 계시냐'고 다시 여쭸
다. 선생님은 그저 뜻없이 누워 있다가 보게 되었다고 하시면서,

벽지를 자세히 보다 보니 꽤 재미있다고 하셨다.

그 후로 나는 가끔 혼자서 조용한 방에 누워 아무것도 생각하지 않은 채 천장을 응시할 때가 있다. 천장 벽지는 보통 흰색인데, 오톨도톨 결이 다양하다. 고운 모래알을 뿌려놓은 듯한 결이 있는가 하면, 아주 미세한 선들이 가로세로로 가로지르는 격자무늬도 있다. 아이 방의 천장에는 파란 바탕에 흰 구름이 둥실 떠 있다.

그러다 옆의 벽지로 관심이 옮겨졌는데, 벽지 디자인이라는 게 참 오묘하다. 작은 무늬지만, 어떤 모양인가에 따라 방의 분위기에 지대한 영향을 미친다. 평소에는 전혀 관심을 갖지 않던 벽지를 보다 보면, 예전에는 아무 생각 없이 지나치던 것들을 발견하고 생각하고 떠올리게 된다. '만약 내가 벽지 디자인을 한다면 어떤 벽지를 만들까?'부터 네모나 동그라미 혹은 바닥의 나무 무늬에 따라 집의 분위기가 어떻게 달라지는가를 하나하나 상상해보게 된다. 급기야 우리집 벽지를 디자인했을 디자이너, 벽지 전문 디자이너라는 직업군까지 궁금해진다. 생각은 꼬리에 꼬리를 물고 한 번도 가보지 않은 곳까지 다다른다. 누군가의 일을, 누군가의 인생을, 누군가의 꿈을 상상하며 경계를 넘나드는 여행을 한다.

이런 나를 누군가 봤다면, 하루종일 누워서 빈둥거리는 것으로 비쳤을 터이다. 나는 이렇게 종종 할 일이 많은데도 아무

것도 하지 않고 빈둥거리며 하루를 보낸다. 예전엔 그런 하루를 보내고 저녁 무렵이면 후회하며 자책을 하는 경우가 많았다. 그러나 어느 때부터인가 조금씩 다르게 생각해본다. 정말 무의미한 하루였을까? 내가 하고자 했던 공적 업무나 사적으로 계획했던 일을 다 하지는 못했지만, 오히려 어떤 날에도 펼치지 못했던 더 많은, 더 다양한, 더 새로운 생각을 해보고, 상상하고, 느꼈다. 벽지만 몇 시간 동안 관찰하며 수만 가지 생각을 일으켰고, 상상이 확산되어 그와 관련된 일과 분위기와 사람을 떠올렸다. 하루 동안 본 TV와 하루 동안 몰두한 게임과 온몸의 힘을 빼고 뒹굴거렸던 그 모든 순간에 일어난 생각과 느낌은 의외의 것들에까지 생각과 관심을 다다르게 한다. 어떤 상황에서든 오감을 동원하여 섬세하게 들여다보는 일은 무한한 상상과 사유를 일으킨다.

'아무것도 하지 않고 보낸 하루'란 없다. 그러니 '무의미한 날'이란 것도 없다. 드라마 『도깨비』의 대사처럼 "날이 좋아서, 날이 좋지 않아서, 날이 적당해서 모든 날이 좋았다." 우리가 살아가는 일상의 모든 순간이 그러하지 않을까?

II-3_자세히 보기
오늘의 발견

　때때로 '오늘'이라는 단어 대신에 '각자 자신이 태어난 날부터 지금까지를 카운트하며 오늘을 표현해보면 어떨까'라는 생각을 해본다. 가령 아침에 눈을 떴을 때, '아, 16,230일이구나' 하는 거다. 새로운 날이 시작되는데도 늘 같은 단어로 '오늘'이라고 부르다 보니 오늘의 의미가 희석되는 느낌이다.

　짐 자무쉬 감독의 영화 『패터슨』은 '오늘'이라는 일상이 똑같이 반복된다고 생각하는 현대 도시인들의 공공연한 말을 무색하게 하는 영화다. 영화를 다 보고 나면, 마치 한 편의 아름다운 시를 읽은 것 같은 느낌이 든다.

　영화는 미국 뉴저지의 패터슨이라는 작은 마을에서 버스 기사로 일하는 패터슨의 일상을 월요일부터 다음 월요일까지 기록하듯 보여준다. 패터슨의 일상은 철학자 칸트를 연상케 할 정도로 시계처럼 정확하다. 매일 같은 시각에 알람 소리도 없이 눈을 떠 같은 모습으로 좁은 식탁에서 동그란 모양의 시리얼을 먹고, 도시락을 들고 같은 길을 걸어 출근한다. 운전을 시작하기 전에 노트에 아침에 떠오른 시를 기록하고, 버스 운전을 하고, 점심시간에는 쓰던 시를 이어서 쓴다. 퇴근을 해서는 저녁 먹기 전까지 쓰던 시를 마무리 하고, 아내와 저녁을 먹고 개와 산책을 한다. 산책을 마치고 오는 길에 바에 들러 늘 같은 자리에 앉아 맥주 한 잔을 마시고는 집에 와서 잠자리에 든다.

영화는 정확히 같은 패턴으로 움직이는 패터슨의 8일을 보여준다. 반복되는 듯 보이는 일상은 우연히 마주치는 사람들과 뜻밖의 소소한 사건들로 어제와 조금씩 차이를 보이지만 거의 변함이 없다. 그럼에도 영화가 모두 끝나고 나면 '지금 내가 본 것은 한 편의 시구나!'라는 생각이 든다. 감독이 영화 사이사이에 넣은 소소한 상징들은 관객에게 전달하려는 것이 무엇인가를 은밀히 나타낸다.

패터슨의 삶은 사람들이 생각하는 반복적 일상의 가장 전형적인 모습이다. 그런데 그는 시를 쓴다. 가장 일상적인 용어로 그날 그날 겪거나 본 것에 대한 자신의 생각과 느낌을 섬세하게 일기 쓰듯이 시로 써 내려 간다. 시를 쓴다는 일로 인해 그의 매일은 반복된다거나 똑같다고 말할 수 없게 된다. 그는 시를 쓰기 위해 오늘만 만날 수 있고 오늘만 볼 수 있는 것들을 찾아낸다. 이런 작업은 오늘을 어제와는 전혀 다른 새로운 날로 만든다. 패터슨의 예민한 주의력은 매일 부는 보통의 바람에서도 어제와 다른 차이를 감지한다. 보이지 않는 대기의 흐름까지도 포착하는 것 같은 영상의 분위기는 정지한 듯 흘러가는 일상의 시간을 여실히 표현해내는 패터슨의 섬세함과 그가 써 내려 가는 시와 일치된다. 그리하여 어느덧 관객도 패터슨의 시선에 동화되고 만다.

패터슨처럼 시를 쓰지 않더라도 일상을 면밀히 관찰하듯 들여다볼 수 있다. 일상의 지루함은 오늘도 어제와 같을 것이라는 편견에서 비롯된다. 일상을 낯설게 볼 수 있다면, 낯선 것을 보는 것처럼 조심조심 가까이 정성껏 자세히 들여다볼 수 있다면, 우리의 일상도 시가 될 것이다.

서머셋 몸의 『달과 6펜스』에는 퇴역 후 하루아침에 알거지가 된 브뤼노 선장이 도시에서 빈민으로 살기가 싫어 남태평양 불모의 섬을 하나 산 뒤 아내와 몇 명의 토박이 일꾼과 함께 섬을 개척하며 살아가는 이야기가 나온다. 스트릭랜드가 그에게 "자넨 예술가가 된다는 게 뭔지 모르고 있구먼"이라고 하자, 그는 말한다.

> "나도 꿈을 가진다는 게 뭔지를 아는 사람입니다. 내게도 꿈이 있어요. 나도 나름대로는 예술가죠. … (스트릭랜드와 마찬가지로) 나도 아름다움을 지향했단 말이죠. 그 친구가 그걸 그림으로 표현했

다면, 나는 인생으로 표현했을 뿐이지요"

　브뤼노 선장의 말대로라면 '예술가'란 '꿈을 가진 사람'이다. 브뤼노 선장의 관점으로 패터슨을 바라보면 패터슨의 삶이 어째서 한 편의 시와 같다고 느껴지는지 쉽게 이해된다. 그의 삶은 평범하기 짝이 없었지만, 그는 시를 쓰고자 하는 꿈이 있었다. 그래서 그의 삶은 예술이 된다.

　프랑크 베르츠바흐는 『무엇이 삶을 예술로 만드는가』에서 창조적인 삶을 사는 사람들의 삶은 예술과 같다고 말한다. '좋은 인생' '아름다운 인생'을 위해 노력하는 사람들 모두가 창조적인 삶을 사는 사람들이며, 그들의 삶이 곧 예술이다. 창조적인 일상을 살아가는 다양한 방법을 제안한 그는 책의 말미에서 이렇게 말한다.

　　"일상은 특별한 것이 아니라 평범한 것이다. 일상은 그냥 벌어지는 것이며 거기에 어떤 드라마틱한 배경음악은 없다. … 우리는 미래에 대해 불안해하고, 현재에 대해 불만스러워하며, 과거에 대해 화를 낸다. 우리는 스스로에게 너무 창의적이지 않다거나 교양이 없다거나 게으르다고 생각하기 때문에 자기 자신과 편안한 관계를 맺지 못한다. … 우리는 모두 자신의 중도를 찾아야 한다. 그곳은 평온하고 소박한 곳이다. 선사 샬럿 조코 벡은 한 강연에서 '나날의 삶을 제외하면 아무것도 존재하지 않는 다'라고 말했다."

스트릭랜드와 브뤼노 선장처럼 모든 것을 버리고 남태평양의 머나먼 섬으로 떠날 수는 없지만, 패터슨처럼 오늘의 이 삶 속에서 '평온하고 소박한 곳'을 찾을 수 없다면, 우리는 스스로를 당당하게 '꿈을 가진다는 게 뭔지' 알고 있다고, 그래서 '나도 예술가'라고 말할 수 없을 것이다. 그리고 우리의 일상은 지루하기 짝이 없는 무의미한 하루로 전락할 것이다.

프랑크 베르츠바흐가 결국 묻고자 했던 질문은 '어떻게 살고자 하는가'였다. 오늘, 자고 일어나도 또 오늘인 일상을 반복적으로 맞이하면서 이루어야 할 것은 무엇인가? 그리하여 어떻게 살고자 하는가? 깊이 생각해볼 일이다. 나아가 어떤 '아름다움'을 지향하고 사는 동안 그것을 어떻게 표현해야 할지 상상해볼 일이다.

새롭고 즐겁고 그래서 예술과 같이 아름다운 매일을 살아간다는 것은 특별한 상황이나 거창한 성공을 통해 이룰 수 있는 게 아니라, 오늘의 삶을 대하는 나의 시선과 태도에서 비롯된다는 사실을 브뤼노 선장과 패터슨은 그들의 삶을 통해 말하고 있다.

전철에서 만난 스승들

전철을 탔다. 요즘은 노인들에게 시선이 머문다. 그들의 얼굴 주름, 차림새 그리고 무엇보다 표정과 눈빛을 마음을 쏟아 들여다본다. 아마도 요즘 나는 '나이 들어가는 일'에 마음을 쓰고 있나 보다 하고 속으로 생각한다.

시골 장터에서나 만날 법한 할머니 두 분이 뚱뚱하게 배가 꽉 찬 배낭을 하나씩 짊어지고 전철에 오른다. 두 분은 탈 때부터 시선을 사로잡았다. 순식간에 전철 안이 장터처럼 떠들썩해진다.

"요리 앉아요, 짐 이리 줘요."

빈자리를 훑어보는 눈초리는 몸의 움직임과 다르게 신속하고 정확했다. 두 분은 잰걸음으로 빈자리에 앉았다. 왠지 정겨운 느낌이 들어 나도 모르게 미소가 지어졌다. 잠시 숨을 고른 뒤 한 분이 주섬주섬 가방 속에서 뭔가를 찾는다. 한참 동안 가방 구석구석을 탐험하다 마침내 뭔가를 꺼낸다. '뼈에 좋다'고 광고하는 음료다. 한 개를 꺼내 옆 친구에게 건네고 또 주섬주섬 당신의 몫을 꺼낸다.

음료 겉에 붙은 빨대를 뜯는 손길은 매우 서툴다. 이미 갈색이 되어버린 손끝은 뭉툭하고, 약국에서 샀을 법한 손목보호대를 착용해서 그런지 더욱 힘들어 보인다. 그나마 손놀림이 빠른 할머니가 당신의 음료에 빨대를 꽂고는 바로 친구의 빨대를 뜯어서 꽂아준다.

뼈에 좋은 음료를 나눠 마시는 모습을 보며 '늘그막엔 저런 사이가 친구인가!' 속으로 생각했다. 손이 떨리는 건지 입술의 감각이 무뎌진 건지 빨아들인 음료가 입술을 타고 흘러내린다. 살아온 세월이 켜켜이 묻은 갈색 손으로 흘러내리는 음료를 무심하게 닦아내며 흐린 눈으로 전철 창 저편 어딘가를 바라본다. 마치 고단한 지난날을 바라보는 듯, 지금 여기에 머물지 않는 듯 꿈꾸는 눈빛으로 덜컹덜컹 전철에 온전히 몸을 내맡긴다.

그들은 예전에도 그랬고 앞으로도 계속 나오는 모르는 사이로 살아갈 터이다. 당신들이 내게 어떤 영향을 미쳤는지조차 모른 채 이제껏 살아온 모습과 크게 다르지 않은 모습으로 살아갈 터이다. 그러나 나는 평생 그들을 기억하리라. 삶이란 얼마나 오묘한가!

맞은편에 앉아 두 분의 모습을 가만히 바라보다 나 역시 저들과 다를 바 없는 모습으로 늙어갈 것이라는 생각을 한다. 두 분처럼 몸에 좋은 음료를 나눠 마시면서 빨대를 꽂아주는 친구가 있다면 더할 나위 없을 것이란 생각도 해본다. 그리고 나 역시 전철 창 저편 어딘가를 바라보며 생각한다. 이 삶에서 정말 내가 원하는 것이 무엇인가를.

오래전엔 남들의 인정을 갈망했다. 그러나 차츰 내 삶을 규정짓는 것은 다른 누군가의 인정이나 박수갈채가 아니라 오직 나 스스로의 선택과 의지와 결단임을 깨달았다. 타인의 인정, 누군가의 선망의 눈초리, 물질적인 대가 등은 내 삶을 규정짓는 많은 것 가운데 사소한 하나일 뿐임을 알아가고 있다.

두 분 할머니처럼 나는 늙어서도 여기저기 다니며 내가 할 수 있는 일을 하고, 마음이 통하는 친구와 음료를 나눠 마시며, 그저 매일 하나씩 웃음을 건져 올리는 삶을 살기를 바란다. 그분들이 어떤 상황에 처해 있는지 알 길은 없다. 그러나 내가 만난 잠시 동안이나마 두 분은 연세가 드셨음에도 할 수 있는 일을 하면서 부지런히 하루를 살아가고 있었다. 경제적으로 넉넉해 보이진 않았지만, 친구와 몸에 좋은 음료를 나누어 마시며 마음이 넉넉한 모습을 잃지 않았다.

두 분의 일상의 한 조각을 읽으며 '어떻게 나이 들고 싶은가?' 스스로에게 질문을 던져본다. 그러고는 두 분처럼 그저 살아있는 동안 성실하게 내가 가진 것을 타인과 나눌 수 있는 사람으로 나이 들면 좋겠다고 답해본다. 무언가를 더 갖겠다고 열심히 사는 게 아니라, 내가 할 수 있는 일을 함으로써 내 주변의 사람들, 내가 몸 담고 있는 사회와 무언가를 나눌 수 있다면 좋겠다고도 답해본다. 아니, 그저 오늘, 나눔과 웃음을 잃지 않으며 살아가고 싶다고 답해본다. 전철에서 만난 귀한 스승들처럼.

우리의 일상을 채우는 것들

　까치를 만난 건 작년 늦봄, 오래된 고층 아파트를 따라잡을 듯 곧고 높이 자란 메타세쿼이아 나무들 사이로 난 오솔길에서였다. 오솔길에 들어서자마자 통통하게 살이 오른 작은 새를 발견했다. 무슨 새가 사람들이 지나다니는 오솔길 한복판에 가만히 서 있는 걸까? 이상해서 좀 더 다가가 보니 아직 꽁지도, 날개도 자라지 않은 새끼까치였다. 더 다가가려 하니 바로 머리 위에서 큰 까치 두 마리가 깍깍깍깍- 깍깍깍깍- 귀가 따갑게 울어댄다. 새끼까치의 어미와 아비로 보였다.

　까치들은 마구 울어대면서 메타세쿼이아 나뭇잎을 쪼아 나에게로 떨어지게 한다. 늦봄에 때 아닌 낙엽이 사방에서 팔랑팔랑 떨어져 내린다. 새끼까치는 사고로 둥지에서 떨어진 듯 보였고, 어미와 아비는 새끼를 지키기 위해 나뭇잎을 쪼아 나를 위협하는 거였다. 새끼까치는 어려서 날지도 못하는 몸으로 엄마, 아빠가 주는 위험신호를 알아듣고는 폴짝폴짝 간신히 움직여 오솔길을 벗어난 나무 아래쪽으로 갈 수 있었다. '저렇게 놔두면 길고양이가 채가기 십상인데…' 마음이 쓰였지만 내가 할 수 있는 일은 없었다.

다음 날, 새끼까치가 잘 있는지 다시 오솔길 그 장소를 찾아갔다. 다행히 잔디밭 쪽 나무 옆에 어제와 다름없이 서 있었다. '한밤을 어떻게 지냈을까?' 신기하기도 하고, '새끼를 땅 위에 두고 어미와 아비는 어떻게 밤을 지샜을까?' 안쓰러운 마음도 들었다. 내가 해코지라도 할까 봐 그날도 어미와 아비는 깍깍깍깍- 목이 쉬도록 울어댔다. 하지만 셋째 날 다시 그 자리를 찾았을 때, 새끼까치는 더 이상 보이지 않았다. 며칠 사이 조금이라도 날개가 자라 퍼덕이며 나무 위로 올라갔기를 마음속으로 빌었다.

1년이 지났다. 일주일 전쯤 오솔길을 걸어가다 새끼까치가 있던 메타세쿼이아 나무 아래쪽 가지에 작은 새 한 마리가 꼼짝도 않고 앉아 있는 걸 봤다. 계속 쳐다보는데도 꼼짝을 않길래 이상해서 나무 아래로 가까이 다가갔다. 그랬더니 어디선가 날아온 까치 두 마리가 깍깍깍깍- 깍깍깍깍- 마구 울어댄다. 1년 전 새끼까치에게 다가갔을 때와 똑같은 상황이다. 자세히 보니 꼼짝 않고 낮은 가지 위에 앉아 있던 작은 새는 이제 막 날갯짓을 시작한 새끼까치였다. 나는 연습을 하면서 높디높은 꼭대기에서 나뭇가지를 타고 아래까지 내려왔나 보다. 새끼까치는 어미새와 아비새의 위험신호를 듣고 서툰 날갯짓으로 가지와 가지 사이를 통통 뛰듯이 하면서 나무 위쪽으로 올라갔고, 그 사이 큰 까치 두 마리는 나뭇잎을 쪼아 떨어뜨리며 계속 나를 위협했다.

까치는 한번 지은 둥지에서 계속 산다고 하니 1년 전 그 까치 부모일 확률이 높다. 그 둥지에서 다시 새끼를 낳아 키우다 이제 스스로 날 수 있도록 연습을 시키나 보다. 갑자기 까치와 내가 무슨 인연인가 싶은 생각이 든다. 한편으로는 작년에 새끼를 잃었을지도 모르는 슬픔을 겪고도 또 새끼를 낳아 먹이고, 보호하고, 나는 연습을 시키는 까치 부부가 대견하다.

요 며칠 계속 까치둥지가 있는 오솔길을 지날 때마다 곧게 하늘로 뻗은 나무를 유심히 살핀다. 어김없이 나는 연습을 하는 새끼까치 옆에 큰 까치가 붙어 있다. 가까이 가면 깍깍깍깍- 깍깍깍깍- 귀가 따갑게 울어대지만 나뭇잎을 떨어뜨리는 위협적 행동은 훨씬 줄었다. '저 사람은 저러다 그냥 가더라' 하며 서로에게 익숙해진 걸까? 나도 모르게 웃음이 난다.

후에 인터넷을 찾아보니 새끼까치가 날개가 채 나기도 전에 둥지에서 떨어지는 일은 꽤 빈번하게 일어나는 사고였다. 의외로 많은 사람들이 블로그나 카페에 땅 위에서 어쩔 줄 몰라하는 새끼까치를 본 경험을 올려놓았다.

새끼까치를 만난 이후 새들을 유심히 본다. 그 전까지는 새

지구는 사람들만의 것이 아닌 게 분명하다.
나무가 없다면, 그 나무 위에서 지저귀는 새들이 없다면,
새들의 먹이가 되는 벌레, 곤충들이 없다면
세상은 얼마나 적막하고 적적할까?

우리의 일상을 풍요롭게 채워 나가는 것은
오직 우리 자신의 땀과 노력만은 아니다.

이전에는 미처 인식하지 못했던 존재들과
함께 살아가고 있다는 감각은
일상의 다른 차원으로 우리를 이끈다.
그런 경험들이 켜켜이 쌓일 때 일상은 치밀해지고
자기도 모르는 사이에 삶의 범위가 확장되며,
마침내 삶은 매일 매일 새로운 의미로
빛을 발하게 될 터이다.

에게 조금도 관심을 두지 않았지만 이제는 사람 다니는 길을 유유히 함께 걷는 비둘기까지 유심히 본다. 모두 같은 얼굴이라 생각했는데 실제로 관찰해보니 비둘기마다 생김생김이 다르다. 깃털 색깔도 다르고 몸집도 모두 다르다. 다만, 모두가 빨간 장화를 신고 있는 모양새는 같다.

동네를 걸어 다니면서 우리 동네에는 어디 어디 까치둥지가 있는지 찾아보기도 하고, 이른 봄에는 까치들이 어떤 자리에 어떻게 둥지를 짓기 시작하는지 바람이 추워도 한참을 서서 구경하기도 한다. 가장 신기했던 건 처음 둥지를 지을 때 정말 작고 가는 잔가지 한 개를 물고 와 굵은 나뭇가지 사이에 놓는 일부터 시작한다는 거다. 저렇게 언제까지 해야 두툼한 둥지가 지어지는 걸까 생각하는 사이에 벌써 두 마리의 까치가 협동하며 잔가지들을 평평하게 엮어낸다.

또 한 가지 알아낸 사실은 까치들이 사는 곳에는 비둘기들이 살지 않는다는 사실이다. 개미 있는 집엔 바퀴벌레가 살지 않는다는 말이 있는데, 그런 관계인 걸까? 혼자 상상의 나래를 편다. '서로 같이 지내지 못하는 성격일까?' '오래전 그들의 조상이 앙숙이 되어버린 걸까?' 등등.

아무런 상관없이 살아가던 까치와 내가 한 동네 사는 이웃사촌이라는 생각을 하니 세상이 달리 보인다. 오래된 아파트인 만큼 그 단지를 삶의 터전으로 삼은 동식물이 많을 것이다. 길고양이들도 단지 구석구석 저마다의 아지트가 있을 것이고, 쥐들도 보이지 않는 곳에서 자기들의 삶을 일구고 있을 터이다. 오래된 나무마다 벌레들이 자리를 잡았을 것이고, 비 오는 날마다 오솔길에 지렁이들이 올라오는 걸 보면 오솔길 흙 아래로는 개미와 지렁이들이 미로 같은 굴을 수도 없이 만들어놓았을 거다.

지구는 사람들만의 것이 아닌 게 분명하다. 나무가 없다면, 그 나무 위에서 지저귀는 새들이 없다면, 새들의 먹이가 되는 벌레, 곤충들이 없다면 세상은 얼마나 적막하고 적적할까? 우리의 일상을 풍요롭게 채워 나가는 것은 오직 우리 자신의 땀과 노력만은 아니다. 가만히 숲 한가운데 서 있기만 해도 온몸에 맑은 기운이 차오름을 느낀다. 그렇다면 그 순간의 평온함과 안도감은 어디서 오는 것일까? 진정 우리의 일상을 채우는 것들은 우리가 갖지 못해 안달하고, 갖고자 혈안이 되는 그런 종류의 것은 아닌 게다.

까치는 까치의 삶이 있고 나는 나의 삶이 있으나, 겉으로 보이는 대로 서로 떨어져 아무 관계도 없이 살아가고 있는 것은 아닌 거다. 내가 까치에게 관심을 갖고 그들에게 시선을 두며 마음을 쓰는 순간, 그들은 내 삶으로 들어온다. 이전에는 미처 인식하지 못했던 존재들과 함께 살아가고 있다는 감각은 일상의 다른 차원으로 우리를 이끈다. 그런 경험들이 켜켜이 쌓일

때 일상은 치밀해지고 자기도 모르는 사이에 삶의 범위가 확
장되며, 마침내 삶은 매일 매일 새로운 의미로 빛을 발하게 될
터이다.

동네 슈퍼에서 세계를 읽다

　프리랜서로 일하고 있지만 생활패턴은 영락없는 전업주부다. 주중 낮 동안에는 적어도 두 번 이상 장을 보러 마트에 간다. 이전에는 필요한 것들의 목록을 적어서 그 목록대로 장을 보았는데 언제인가부터 미리 식단을 계획하지 않고 물건을 먼저 살핀 후 저녁 메뉴를 결정하는 경우가 많아졌다. 그날 그날 가장 싱싱해 보이는 채소나 과일 혹은 할인을 많이 해주는 품목을 살펴 장을 보는 게 더 경제적이라는 생각이 들어서다.

　덕분에 예전에는 유심히 보지 않던 많은 종류의 물품들을 자세히 살피게 되었다. 어릴 때 수시로 먹던 갈치는 지금은 대단한 결심을 하고 사야 할 만큼 값비싼 생선이 되어 있었고, 반대로 너무 귀해서 1년에 두세 번 먹을까 말까 하던 바나나는 장을 보러 갈 때마다 한 손씩 척척 살 수 있을 정도로 가격이 낮아졌다. 뿐만 아니라 원산지도 제각각이다. 소고기는 호주산과 미국산이 많고, 돼지고기는 칠레, 스페인, 미국산 등으로 다양하다. 갈치는 세네갈, 고등어는 노르웨이, 바나나는 에콰도르에서 온 것이다. 우리가 많이 먹는 캠벨 포도가 미국 오하이오주에서 개발된 포도 품종이란 것도 새삼 알게 됐다.

오렌지나 바나나 같은 외래 품종은 말할 것도 없고, 예전이라면 그저 모두 국내산이려니 하고 먹었을 것들이 지금은 그야말로 전 세계 각지에서 생산되어 우리나라, 우리 동네, 골목마다 있는 크고 작은 마트로 속속 들어오고 있다. 가공되지 않은 품목들만 둘러봐도 이 정도니 가공된 물품들은 말할 것도 없다.

저 먼, 내가 미처 가보지 못한 나라에 사는 사람들이 기르고 키운 것들이 배 또는 비행기를 타고 이곳 서울, 내가 사는 동네까지 전해져 온 것이라 생각하니 내가 보지 못하고 알지 못하는 세계는 얼마나 다양하고 역동적으로 펼쳐지고 있는가 싶다.

그러다 문득, 2003년 9월 멕시코 칸쿤에서 열린 WTO(자유무역협정)에 맞서 장렬히 희생한 이경해 농민의 이야기가 떠오른다. 농산물의 무역자유화는 식량안보와 직결되는 문제이며, 특히 농업과 농산물은 단순히 '무역'이라는 관점으로 풀어나갈 문제는 아니라는 것을 내가 읽은 책 『식량주권』에서는 강조하고 있었다. 그런데 오늘 우리가 마트에서 세계 각지에서 수입된 농산물을 구입할 수 있게 되었다는 것은 이경해 농민의 뜻과는 반대로 농산물까지 자유무역협정이 통과되었다는 것을 의미한다. 실제로 그 후 한미 FTA협정이 성사되었고, 반대 시위로 떠들썩했던 수입쌀과 미국산 소고기까지 지금은 우리 식탁에서 일상적으로 만난다. 그렇다면 그 책에서 논의하며 지키고자 했던 식량안보와 식량주권은 어떻게 되었을지 궁금하다.

어차피 세계는 '지구촌'으로 묶여 무역의 경계가 사라졌으니 식량안보와 식량주권이란 것 자체가 무의미해진 것일까? 그러나 단순하게만 생각해도 '우리 가족이 먹을 식량을 옆집 가족에게 온전히 의지해야 한다면, 우리 가족의 삶은 어떨까?' 싶다. 우리 가족의 삶이 옆집의 결정에 좌지우지되는 것이 아닌가. 그렇다면 우리 가족은 식량과 대등한 교환가치가 있는 다른 물품을 독점하고 있거나 옆집 가족이 일방적으로 우리 가족을 휘두르지 않도록 할 수 있는 다른 장치를 마련해 두어야 한다. 한마디로 우리나라가 세계를 상대로 거의 독점적으로 우월한 무언가를 가지고 있어야 한다는 말인데, 우리는 지금 그런 위치에 있는 걸까?

세계 각지에서 몰려온 온갖 식품들을 살피다가 우리의 생존이 달린 이런 질문들이 내 속에서 차오른다. 농수산물자유무역협정과 관세철폐 등의 결과로 세계 곳곳에서 온 생선과 고기, 과일, 채소 등을 먹고 있는 게 축복인지 독인지 명확하지 않다.

가공된 식재료는 이보다 더 다채롭다. 우리가 자주 먹는 돈

가스 소스의 원재료를 살펴보면, 토마토 페이스트는 중국산, 대두유는 그냥 외국산, 천일염은 호주산 등으로 적혀 있다. 그 외 파인애플과 채소 농축액이 들어가는데, 소량이라 그런지 원산지를 기재하지 않았다. 그런데도 상품 카피에는 '우스타소스와 파인애플이 만드는 풍부한 맛과 향'이라고 광고한다.

언젠가 아이가 어디서 무슨 소리를 들었는지 "엄마, 사람들은 걸어다니는 옥수수와 다름없대요"라고 대뜸 말한다. 무슨 소리냐고 물었더니, 우리가 먹는 거의 모든 가공식품에 '옥수수 전분'이 들어가니까 우리는 '걸어다니는 옥수수'와 다름없다는 말을 들었다는 것이다. 그 말을 들은 뒤 슈퍼에 갈 때마다 원재료를 확인하곤 한다. 가공식품마다 거의 빼놓지 않고 들어가는 '변성전분'이 주로 옥수수전분을 원재료로 화학처리를 한 전분이다. '아! 그래서 멕시코나 미국의 드넓은 농장마다 옥수수를 가득가득 심는 거구나.'

한편, 그런 대규모 옥수수 농장에서 일하는 사람들이 정작 굶주림에 시달린다는 이야기도 떠올랐다. 대규모 농장에서 기르거나 수확한 농축산물은 세계자유무역협정의 바람을 타고 전 세계로 빠르게 대량으로 수출되는데, 정작 그 옥수수를 수확하는 사람들은 식량이 부족해 굶주림에 시달린다. 그들이 기르고 수확하는 옥수수는 가축의 사료로 만들어지는 옥수수라 사람이 먹을 수 없어서다. 그렇다면 변성전분의 원재료로 사용되는 옥수수도 어쩌면 사람이 온전히 먹기엔 부적합해서 화학처리를 거쳐 전분으로 만드는 게 아닌가 하는 의문도 든다.

문제는 해외의 드넓은 땅에서 대규모로 생산하고 수확하는 곡류들로 인해 소규모 가족농장을 운영하던 전 세계의 많은 농민들이 소작농으로, 소작농에서 도시빈민으로 전락하고 있다는 사실이다. 우리 농촌도 다르지 않다. 다만, 최근 방문했던 농촌에서 젊은 영농지도자들이 마을에 맞는 친환경 농법과 품목을 개발하여 농민들의 삶을 개선하려는 모습을 보았던 터라 그런 노력에 희망을 걸어본다.

달걀을 사러 가면 '동물복지 자연방목으로 자란 행복한 닭이 낳은 달걀'이라는 문구들이 눈에 띈다. 공장식 농장이 문제가 되면서 닭이나 돼지 등의 동물복지가 이슈가 되고 있다. 한때 큰 화제가 되었던 『옥자』도 동물복지뿐 아니라 유전자 개량종에 경종을 울리는 영화였다. 누군가는 사람복지도 안 되는데 무슨 동물복지냐고 말한다. 하지만 여기서 말하는 '동물복지'는 사실 '복지'가 아니라 사람들의 편익을 위해 일방적으로 사육당하고 그 과정에서 잔인하게 도살당하는 가축에 관한 최소한의 생명존중 논의라고 보는 게 옳다.

요즘 슈퍼에서 읽을 수 있는 특이한 현상 중 하나는 1인식 패스트푸드가 많아졌다는 사실이다. 패스트푸드가 몸에 안 좋다는 인식을 지닌 어휘라서 그런지 이런 제품은 '간편식' 혹은 '가

정식'이라는 문구를 달고 한 코너를 점유한다. 집에서 직접 요리를 하는 가정이 줄고 있거나 맞벌이 가구와 1인 가구가 늘어나고 있다는 반증이다. 또 예전에 없던 와인코너가 동네 작은 슈퍼에도 생겼다. 집에서 와인을 즐기는 사람들 또한 늘어났다는 뜻이다.

가공식품류에 쓰인 광고 카피는 우리가 몰랐던 중요한 정보를 준다. 가령, 스팸을 사러 갔다가 '닭고기를 넣지 않은 순수 돈육스팸'이라는 문구를 발견한다. 이 문구는, 지금까지 스팸은 돈육만으로 만들지 않고 닭고기를 섞어 왔었다는 것을 알려준다. '스팸' 하면 모두 돼지고기로만 만든 줄 알지만 원래 그렇지 않았다는 뜻이다. 간장도 양조간장, 산분해 간장, 혼합간장, 한식간장 등으로 나뉘는데 '개량 한식간장'이라고 칭하는 간장은 무엇이 어떻게 '개량'된 것인지 기재되어 있지 않다. 두부에 '100% 유기농'이라고 쓰여 있더라도 원재료인 콩이 국내산인지 호주산인지 미국산인지는 또 다시 살필 일이다.

이제 '장을 본다'는 일은 그저 먹을거리를 사서 한 끼 밥을 짓는다는 의미를 넘어선다. 급격하게 변화하는 세계의 흐름이 동네 슈퍼에서도 눈에 띄게 느껴진다. 슈퍼에 있는 다양한 물품들을 자세히 살피고 읽음으로써 보이지 않는 세계의 변화를 포착한다. 무역, 가공, 생산, 소비, 나아가 마케팅까지 다양한 분야의 현상들이 조금만 주의를 기울이면 이면의 모습을 드러낸다. 이렇게 드러난 현상뿐 아니라 그 이면까지 면밀히 읽고자 하면 얼마든지 보이지 않는 세상의 변화와 흐름을 감지할 수 있다.

무엇을 어떻게 읽을까에 관한 특별한 방식은 없다. 모든 읽기는 우선 면밀히 살피는 것에서 시작한다. 주부가 꼼꼼하게 가격을 비교하고 살펴서 하나의 물품을 고르는 것처럼 같은 물품인데 왜 어떤 것은 더 싸고 어떤 것은 더 비싼가를 비교하다 보면, 상품에 대해 몰랐던 사실들을 알게 된다.

가령, 일부 품목의 회사나 브랜드가 슈퍼와 연계하여 가격인하 마케팅을 시행한다. 그때 '값이 싸구나, 행사를 하는구나'라고 외적으로 보이는 대로만 읽을 게 아니라, '왜 그 시점에서 그 브랜드는 가격인하 마케팅을 결정했을까?' 같은 질문을 해보는 것으로 한 걸음 더 나아가 보자. 질문이 일어나면 답을 얻기 위해 또 다른 차원의 관찰을 하게 된다. 관찰은 상상을 일으킨다. 저 멀리 세네갈에서 온 갈치가 대폭 세일을 하면 세네갈에서 그 갈치를 잡은 사람들에게까지 그 원인을 물을 수도 있다. 도대체 그들은 어떤 자연적, 사회적 환경에서 살고 있을까? 호기심이 일면 그 즉시 머릿속에서는 세계지도가 그려지고 아프리카 대륙을 확대한다. 대서양과 인접한 아프리카 북부 해안가에 위치한 세네갈이 포착된다. 그렇다면 장을 보고 집에 가서 세네갈의 문화와 사회에 대해 찾아볼 수도 있겠다. 읽기는 이렇게 시작되고 확장되며 앎으로 쌓인다.

그러므로 세상을 읽고, 변화를 포착하여 이면의 의미를 끌어내는 일은 대단한 다짐이나 시간을 필요로 하지 않는다. 우리의 일상 속에서 그 순간 우리 앞에 펼쳐진 현상을 읽고자 자세히 관찰하는 것으로 시작된다. 바다 건너 외국에 가지 않고도 동네 슈퍼에서 세계의 변화를 이토록 생생하게 읽고 배울 수 있으니 말이다.

II-7_순간을 만끽하기
일상의 아우라

우리는 광화문에서 만났다. 그런 번개가 처음이다 보니 나는 흥분해 있었고, 시원한 생맥주를 한 모금 마시자 온몸에 생기가 도는 듯했다. 평소라면 집에서 저녁 설거지를 하고 있을 시간이다. 그런데 그날은 느닷없이 홀로 외출을 감행하여 서울 시내 한복판에서 친한 선배와 마주 앉았다. 실내는 높은 천장과 커다란 화분들로 마치 야외에 있는 듯했고, 주위를 둘러보니 즐거운 표정의 사람들이 일행과 눈을 맞추며 이야기꽃을 피운다.

밖으로 나오니 더 좋았다. 바야흐로 봄은 절정을 맞고 있다. 봄밤의 정취가 대기에 떠돌았다. 따스하면서도 시원한 봄이 우리의 얼굴을 매만졌다. 어릴 적 엄마의 부채질과 자장가 속에서 잠을 청하는 것과 같은 평온함과 안정감이 가득 느껴졌다.

우리는 봄밤을 가르며 걷다가 조계사에 다다랐다. 마침 다음 날이 '부처님오신날'이라 절은 휘황찬란했고, 사람들로 북적였다. 선배의 볼이 빨갛게 상기되기 시작한 건 그때부터다. 느닷없는 만남, '부처님오신날' 전야에 뜻밖에 오게 된 조계사까지 선배는 그 모든 게 깜짝 이벤트 같다고 했다.

내친김에 우리는 인사동까지 걸었다. 내가 속한 연구원이 있는 곳이라 수도 없이 와본 곳인데도, 그 밤에는 달랐다. 낯설고 아름다웠다. 그 밤에 우리는 늘 꿈꾸던 어느 먼 낯선 도시에서 영원히 자유롭게 떠도는 영혼과 같았다.

오늘, 저녁밥을 짓는 와중에 잠시 음식물쓰레기를 버리러 바깥으로 나갔다가 충동적으로 단지 한 바퀴를 돌며 걸었다. 한낮은 무더웠는데 해가 뉘엿뉘엿 기울어 가는 저녁이 되자 기온이 낮아져 선선하다. 한 줄기 시원한 바람이 내 얼굴을 매만지고 달아난다. 순간, 그날, 봄밤의 기억이 내 몸에 선명하게 떠오른다. 그리고 한없이 평온해진다. 그날의 휘황찬란한 거리, 간절히 소망하는 표정의 사람들, 북적이던 도시의 기억에 벅차오른다. 그래서 무작정 걸었다. 시원한 바람, 아직 식지 않은 대기의 열기, 귀가하는 사람들 사이를 목적도 없이 걸으며 나는 다시 어느 낯선 도시를 걷는 기분이 된다.

발터 벤야민의 책에 다음과 같은 이야기가 나온다.

지구상의 모든 권력과 금은보화를 자기 것으로 만들었음에도 점점 우울해져 가던 왕이 어느 날 궁정 요리사를 불러 50여년 전 젊은 시절에 먹었던 산딸기오믈렛을 만들어달라고 주문한다. 당시 왕은 미성년의 소년이었는데, 이웃의 나쁜 왕의 공격으로 도망을 쳐야 하는 상황에 처했다. 숲속에서 길을 잃어 허기와 피로에 기진맥진한 상태일 때 조그만 오두막을 발견했고 그 오두막에 살던 노파가 왕을 반기면서 손수 만든 산딸기오믈렛을 내왔다. 그 오믈렛을 한 입 먹자마자 기적처럼 힘이 되살아나고 새로운 희망이 샘솟았다.

왕은 그 노파가 만들어주었던 산딸기오믈렛을 요리해달라고 주문하면서 이 소원을 성취시켜 주면 요리사를 사위로 삼을 것이요, 기대를 만족시키지 못하면 죽어야 한다고 말했다. 그러자 궁정 요리사는 말했다.

> "폐하! 그렇다면 당장 교수 형리를 불러주십시오. 저는 산딸기오믈렛의 요리법과 … 어떻게 저어야 마지막 제 맛이 나는지까지 잘 알고 있습니다. 그러나 이 모든 것에도 불구하고 저는 폐하의 기대를 충족하지 못할 것입니다. 왜냐하면 폐하께서 그 당시 드셨던 모든 양료(養料)를 제가 어떻게 마련하겠습니까? 전쟁의 위험, 쫓기는 자의 주의력, 부엌의 따뜻한 온기, 뛰어나오면서 반겨주는 온정, 어찌 될지도 모르는 현재의 시간과 어두운 미래… 이 모든 분위기는 제가 도저히 마련하지 못하겠습니다."

늘 어딘가로 떠나고 싶다는
열망 속에서 우리는 살아간다.
'이곳'이 아닌 '저편 어딘가'로 떠나기에 급급하다.

그러나 우리에게 중요한 건
'이곳'이 아닌 '저기 어딘가'라는
시공간 혹은 상황에 대한 부정이 아니라
'지금 이곳에서 내게 펼쳐진 삶을 얼마나 면밀히
그리고 온 마음으로 마주할 마음의 준비가 되어 있는가?'
즉, '어떻게 내 삶을 대하고 있는가?' 하는
태도의 문제가 아닐까?

벤야민이 말하는 '아우라'가 바로 요리사가 말한 '양료'(養料, 영양분이 되는 재료)와 거의 같은 기조를 띤다고 학자들은 말한다.

일상의 풍요로움은 많은 돈을 벌거나 높은 지위나 명예를 얻는다는 차원의 문제가 아니다. 그것은 오직 오늘 하루만이 내게 선사하는 아우라의 문제가 아닐까 싶다. 별일 없던 오늘이 내게 한없이 낯선 어느 아름다운 도시에 있는 듯한 행복감을 느끼게 해주었던 건, 그날, 봄밤의 기억 덕이다. 그런데 그 봄밤의 기억을 떠오르게 한 건 오늘, 해질녘의 시원한 한 줄기 바람이다. 그 덕에 나는 오늘 봄밤의 기억 위에 또 하나의 추억을 포갤 수 있었다.

그렇게 한 겹 한 겹 꽃잎처럼 일상의 아우라가 포개진다. 결국 우리의 일생은 그런 일상의 아우라로 규정되는 게 아닐까? 느닷없이 어떤 일상의 마법을 맞닥뜨릴지 모른다. 차근차근 놓치지 않고 순간의 마법, 일상의 아우라를 알아채고 읽어내는 게 우리에게 주어진 오늘의 몫이다.

늘 어딘가 떠나고 싶다는 열망 속에서 우리는 살아간다. 연휴나 휴가라도 얻게 되면 혈안이 되어 '이곳'이 아닌 '저편 어딘가'로 떠나기에 급급하다. 그러나 내게 무언가를 선사할 것이라 믿고 떠났던 그곳에서 '진정 풍요로움을 느꼈는가'라고 자문해보면, 과도한 소비와 비일상적인 일정 속에서 분주했을 뿐 돌아오는 길에서 다시 '이곳'에서의 일상을 떠올리며 불안해하기 일쑤지 않았던가?

결국 우리에게 중요한 건 '이곳'이 아닌 '저기 어딘가'라는 시공간 혹은 상황에 대한 부정이 아니라 '지금 이곳에서 내게 펼쳐진 삶을 얼마나 면밀히 그리고 온 마음으로 마주할 마음의 준비가 되어 있는가?' 즉, '어떻게 내 삶을 대하고 있는가?' 하는 태도의 문제가 아닐까?

지금도 그 밤, 지겹게 오가던 인사동 거리가 그토록 낯설고 아름답게 보였던 건 오직 '지금 여기'에서만 존재하는 봄밤의 '아우라'라고밖에 설명할 방법이 없다.

III

관계 읽기

누구에게나
이번 생은 처음이다

III-1_나부터 읽기
가장 난해한 텍스트

　한 심리학자가 대학생들을 세 그룹으로 나누어 각각 다른 강의실에 모아놓고 실험을 했다. 같은 옷차림의 한 남자를 소개하는 실험이다. A그룹에게는 남자를 복학생이라고 소개하고, B그룹에게는 조교로 소개했다. 그리고 마지막 C그룹에는 교수라고 소개했다. 그 후 모든 그룹의 학생들에게 이 남자의 신장을 짐작해서 써달라고 주문했다. 학생들이 적어낸 신장을 그룹별로 평균을 냈더니, A그룹이 짐작한 신장이 가장 작았고, 그 다음이 B그룹, 마지막 C그룹이 가장 크게 짐작했다. 놀랍게도 남자가 지닌 사회적 지위가 올라갈수록 신장이 더 커 보인다는 결론이 나왔다.

　이 실험은 사람의 지각능력이 얼마나 주관적인가를 드러낸다. 사람은 나와 이익관계가 전혀 없는 상황일지라도 사회적·문화적 차원의 기본조건에 얽매여 인지하고 판단한다. 사회적 지위가 높다고 여기는 사람일수록 객관적 근거와는 상관없이 그를 크게 본다. 이런 주관적 판단은 지각능력을 조종해 기억에까지 영향을 미친다. 기억이라는 것이 지각경험을 바탕으로 만들어지는 연유다. 이처럼 우리의 기억은 한없이 주관적이며, 사회적 상황에 지대한 영향을 받아 객관성은 고사하고 자신이 처한 상황과 정서에 빚을 지고 만다.

가까운 지인이 자기 존재에 관한 탐구의 필요를 느껴 1년에 걸친 개인상담을 받았다. 오랜 상담을 끝내면 어린 시절의 상처와 슬픔을 청산하고 마음의 안정과 평화가 찾아오리라 기대하고 성실하게 임했다. 그러나 1년이 지난 후 찾아온 건 안정도 평화도 아닌 헛웃음이었다고 한다. 마음속에 오랫동안 담아왔던 감정과 기억들을 꺼내놓고 대면해보니, 자신이 지금 기억하고 있는 과거의 사건과 기억이 '정말 그랬던 걸까?'라는 질문으로 돌아왔기 때문이다.

기억이 객관적이지 않은 이유는 당시의 판단과 느낌이 주관에 쏠려 균형을 잃을 수도 있기 때문이다. 그는 어린 시절의 기억일수록 '어린 나'의 판단과 느낌이라 더더욱 판단과 느낌이 미성숙했을 거란 사실에 생각이 미쳤다고 한다. 그리고 그런 미성숙한 감정과 기억을 어른이 된 지금까지 고스란히 지니며 산다는 게, 심지어 그 감정을 어른이 된 지금까지 관계나 상황을 맺

모든 사유의 기반에
'자기 성찰'이 전제된다는 것은 중요한 신호다.
우리는 일상의 삶 속에서
'나'라는 텍스트를 얼마나 읽고 있는가?

나를 읽는다는 일은 비루하고 서글픈 현실을 직면함으로써
스스로 더 크고 깊은 시선과 통찰을 향한
첫걸음을 내딛는 일이다.

그 과정의 깨달음이 아픔을 동반하더라도,
그로 인해 우리는 한층 더 깊은 삶으로
나아갈 수 있으니 아픔은 아픔만은 아니리라.

2014년 '쿠사마 야요이 특별전' 제주 본태박물관.

어갈 때 중요한 기준으로 삼아왔다는 게 참 어이없게 느껴졌다고 한다.

주변에 적지 않은 사람들이 어린 시절의 상처를 지니고 살아간다. 서른이 되고 마흔이 되어도 그 상처는 아물지 않고 그의 성장을 방해한다. 나이가 들어 어른이 되었지만, 여전히 어린 나의 판단과 기억에 매달려 그 감정과 느낌을 기조로 살아가기 때문이다. 앞서 말한 실험은 성인이 된 대학생들을 대상으로 했음에도 주관에 치우쳐 동일한 존재에 대해 서로 다른 판단을 내렸다. 그렇다면, 지인의 말대로 어린 자아는 더 큰 주관에 치우쳐 당시의 상황과 사람들을 제대로 파악하기 어려웠을 터이다. 그러니 어른이 된 현재까지 어린 나의 아프고 슬픈 판단과 느낌에 매달려 오늘의 삶까지 아프고 슬픈 것으로 묶어 매는 어리석음을 끊어내야 한다.

자신을 객관화시키려는 노력은 꾸준히 행해야 할 작업이다. 자신의 기억과 지각이 정확하다고 믿는 순간, 스스로 만든 오류의 함정에 빠진다. 내가 원하는 것이 진짜 내가 원하는 것인가를 지속적으로 자문할 필요가 있다. 또한 내가 기억하는 것, 내가 판단한 상황들이 진정 객관적인 입장에서 이루어진 것인가를 성찰할 필요가 있다. 사회적으로 인정받고 싶고, 관계 안에서 영향력을 끼치고 싶고, 자기가 속한 곳에서 막강한 권력을 행사하고 싶다는 사회 속에서 형성된 욕망에 갇혀 진짜 자신이 원하는 것을 보지 못하고, 무작정 사회 속으로 맹렬하게 몸을 던지게 될 수도 있다. 혹은 자신이 어떤 행동을 하는지, 주변 사람들에게 어떤 영향을 주고 있는지 미처 인식하지 못한 채 스스로의 삶을 합리화할 수도 있다. 사람의 지각과 기억이라는 것은 너무도 빈약한지라 내 기억, 내 느낌, 내 판단이 확실하다는 생각에서 일찌감치 벗어나야 한다. 동시에, 매 순간 무엇이 옳은가, 어떤 선택을 해야 할까, 어떻게 행동하고 어떤 판단을 해야 내 스스로 부끄럽지 않고, 한 사람으로서 아름다움을 지킬 수 있는가를 생각해야 한다.

우리가 읽어야 할 가장 난해한 텍스트는 결국엔 '나 자신'이다. 아무리 수많은 책과 저자, 주변의 상황과 관계를 읽는다 해도 그 읽기의 기반에 '나'라는 텍스트 읽기가 부재한다면 나의 관점과 시선은 중심을 잡지 못하고 흔들린다. 내 자신이 어떤 가치, 어떤 관점으로 나와 세상과 사람들을 바라보는지 인식하지 않고서는 객관화된 시선을 갖기 어렵다.

모든 사유의 기반에 '자기 성찰'이 전제된다는 건 중요한 신호다. 우리는 일상의 삶 속에서 '나'라는 텍스트를 얼마나 읽고 있는가? 타인과 세상을 읽기 위해 먼저 '나'에게로 시선을 돌려 내 삶과 내 인식의 상태를 파악하고 있는가? 나를 읽는다는 일은 비루하고 서글픈 현실에 직면함으로써 스스로 더 크고 깊은 시선과 통찰을 향한 첫걸음을 내딛는 일이다. 설령, 그 과정의 깨달음이 아픔을 동반하더라도, 그로 인해 우리는 한층 더 깊은 삶으로 나아갈 수 있으니 아픔은 그저 아픔만은 아니리라.

III-2_너를 읽기
내게 아무것도 말해주지 않는 너

친구의 남편은 친구를 무척 사랑하면서도 좋은 소리를 듣지 못한다. 보통 남편과 달리 처음 만났을 때부터 '만난 지 며칠'을 챙겼고, 결혼한 후에도 지금까지 날짜를 챙겨 선물을 할 정도니 그야말로 로맨티스트라 불릴 만한데도 말이다.

그런데 가만히 친구의 말을 듣고 있으면 친구의 입장도 이해가 간다. 그가 하는 선물이 문제다. 친구는 영화와 책을 좋아하지만 알뜰한 성격이라 스스로 꼭 소장해야겠다는 결심이 서지 않는 한 웬만한 책은 모두 도서관에서 빌려보고, 영화도 꼭 볼만한 것만 챙겨 본다. 그런 친구에게 그의 남편은 새로 나온 책이며 영화 DVD를 아낌없이 선물한다. 나아가 값비싼 꽃다발을 사오는가 하면, 친구의 생일엔 과할 정도의 고급 음식점을 예약하기도 한다. 친구가 너무 비싼 음식을 먹는 게 싫다고 했더니 다음 해 생일날엔 다 쓰러져 가는 허름한 맛집에 데리고 갔다고 한다. 어쩜 이렇게 자기의 마음을 모르냐며 친구는 하소연을 하지만, 그 남편의 마음은 또 얼마나 서운할까 싶어 쉽사리 어떤 말도 할 수 없다.

이렇게 관계 안에서 서로의 마음과 감정은 왜곡될 때가 종종 있다. 좋아하고, 그래서 상대를 기쁘게 하고 싶은 마음은 가득한데 그 표현이나 방법이 적절치 않을 때, 그의 진심은 의심받고 관계는 위태해진다.

이런 일상의 순간에 '사람을 읽는다'는 일이 진실로 필요하다. 상대방이 내게 솔직하게 말해주지 않으니 그의 행동, 표정, 몸짓, 말과 태도로 그가 무엇을 좋아하는지, 어떤 때 가장 즐거워하는지를 면밀하게 관찰하고 예민하게 포착하는 노력을 해야 한다.

사람을 읽으려고 할 때는 우선 드러나 있는 그의 외형부터 살피게 된다. 그가 어떤 색 옷을 주로 입는지, 구두는 어떤 디자인을 선호하는지, 액세서리를 좋아하는지 등의 취향이 첫 번째 중요한 단서가 된다. 취향은 단순한 '선호'가 아니라 전반적인 삶의 지향을 말해주는 까닭이다. 즉, 삶에 있어서 화려함을 추구하는지, 단순함을 추구하는지, 아기자기한 관계를 추구하는지, 진중하고 꾸준한 관계를 중시하는지를 상상하고 유추해볼 수 있다.

만일 당신이 지극히 관심을 갖는 누군가가 내가 궁금하고 알고 싶은 것을 제대로 말해주지 않을 때, 대답을 다그치기보다는 그를 읽으려는 세심함이 필요하다. 가령, 어제까지만 해도 긴 머리를 찰랑거리던 그녀가 왜 오늘 짧은 머리를 하고 나타났는지, 그가 어느 동아리에 가입되어 있는지, 그의 관심사는 무엇인지, 어떤 장르의 영화를 좋아하는지, 어떤 분야의 책을 주로 읽는지, 중학생 딸은 왜 남이 입다가 버린 것 같은 커다란 옷을 고집하는지, 회사의 상사는 어느 타이밍에 기분이 널을 뛰는지, 여자친구는 왜 이탈리아 음식만 먹으려 하는지… 답을 알고 싶은데 직접 묻기가 곤란하다면 그의 눈빛과 행동, 표정과 어투 등을 단서로 '사람'을 읽고, 그 '마음'을 해석해보라. 그런 과정을 반복하다 보면 어느 정도 긍정적 관계를 꾸려나갈 기반을 마련할 수 있다.

영국에서 만들어져 세계적으로 인기를 누린 드라마 『셜록』을 보면 사람을 읽는다는 게 무엇인가 쉽게 이해된다. 드라마 『셜록』 시즌1 첫 편에서 셜록과 왓슨이 처음 만나는 장면이 대표적이다. 셜록은 연구실에서 처음 만난 왓슨을 면밀히 관찰하는 것만으로 형제관계, 직업, 그의 현재 상태를 정확하게 짚어낸다. 셜록은 모든 사람을 대상으로 그의 행동, 몸짓, 말투, 소지품 등에서 그에 관한 단서를 발견하고 그 단서를 기반으로 의미를 도출하는 읽기 과정을 통해 그에 관한 객관적 사실을 파악한다. 드라마 속에서 셜록은 보통 사람들보다 훨씬 뛰어난 기억력과 지능을 지니고 있다고 설정되어 있지만, 보통 사람들도 관심을 가지고 조금만 집중하면 상대가 알려주지 않는 그에 관한 정보를 얼마든지 찾아낼 수 있다.

"우리는 작가가 말하지 않은 것을 찾아내기 위해 책을 읽기도 한다"라고 샤를 단치는 말했다. 이를 '행간을 읽는다'고 한다. 우리는 때때로, 어쩌면 자주, 그가 말하지 않은 것을 찾아내기 위해 그를 향한 면밀한 관찰과 섬세한 읽기에 온 감각을 동원할 필요가 있다. 관계 안에 존재하는 빈칸을 행간을 읽듯이 읽을 필요가 있다. 그가 말하지 않아도 드러내는 것들을 중심으로 연결성과 통일성을 넘나들며 분석할 수 있는 훈련이 필요하다.

> "글의 구성은 크게 두 가지 각도에서 살필 수 있다. 우선 부분 또는 구성 요소들이 어떤 시간적·논리적인 순서에 따라 긴밀하게 '연결'되어 있나를 살필 수 있다. 그와는 달리 부분들을 한 자리(공간)에 모두 모아놓고 그들이 얼마나 일관되게 '통일'되어 있나를 살필 수 있다. 요컨대 글의 구성은 연결성과 통일성이라는 두 측면으로 나누어 살필 수 있는데, 글을 쓰는 이의 입장에서 본다면 연결성은 부분들을 배열하는 원리이고, 통일성은 같거나 비슷한 것들을 선택하여 모으는 원리이다."(최시한 『수필로 배우는 글읽기』 157쪽)

사람을 읽는 일은 이처럼 구성을 고려하며 글을 읽는 일과 상통한다. 한 존재는 자신이 추구하는 이미지를 의식하든 하지 못하든 일관성 있게 유지하고자 한다. 그러므로 내게 아무 말도 해주지 않는 '너'를 읽기 위해서는 '글을 읽는 방법'에서 그의 세밀한 부분들이 '어떤 시간적·논리적인 순서에 따라 연결되는지, 나아가 그 부분이 어떻게 통일되는지'를 차용할 수 있다.

처음 만났을 때 더없이 쾌활한 듯 보였던 그가 몇 차례 만남을 통해 실은 쾌활한 것보다는 스스로를 드러내는 것을 꺼리거나, 자신이 화제에 오르는 것을 피하려는 일련의 행위와 분위기가 포착된다고 여겨지면, '연결성'의 측면에서 그를 다시 재인식할 필요가 있다. 나아가 그의 행동이나 표정, 그와의 사이에서 있었던 사소한 상황들을 통해 그를 파악할 수 있는 통일된 느낌, 감정 등을 이끌어 낼 수 있다. 만일, 통일성의 면에서 그의 부분들이 엮어지지 않는다면 그는 스스로의 본색을 드러내지 않고 마음을 감추었을 가능성이 높다. 이렇게 사람을 향한 읽기는 그 사람의 경향뿐 아니라 그의 진정성까지 가늠할 수 있는 주요한 방법이다.

무엇보다 이러한 노력과 관심이 내 사랑과 감정을 표현할 수 있는 주요한 방법이 되기도 한다. 사람에게는 상대가 말하기 어려워하는 것을 헤아려 읽고 배려할 수 있는 특별한 능력이 있다. 그리고 사람은 누구나 자신이 말하지 않은 것까지 누군가 알아주기를 바라는 바람이 있다. 이 두 가지를 이해한다면 내가 마음 깊이 사랑하며 귀하게 여기는 '너'를 향해 당장 '읽기'를 적용해볼 일이다.

III-3_인정하기
'사랑한다면'이라는 위험한 전제

요즘 재미있게 시청하는 드라마가 있다. tvN의 『이번 생은 처음이라』(연출 박준화, 극본 윤난중)이다.

드라마 작가를 꿈꾸는 여주인공은 전형적인 가부장제에 남아선호사상까지 만연한 가정에서도 '작가'라는 꿈을 놓지 않는 끈기와 용기를 장착한 강인한 여인이다. 그런데 남동생의 갑작스런 결혼으로 살 곳을 잃게 되고, 설상가상으로 함께 일하는 팀에 치명적인 문제가 생기면서 직장까지 잃게 된다. 모든 문제를 해결하는 효율적인 방법은 세 들어 살던 집주인과 결혼하는 것. 결혼만 하면 그녀는 홈메이트로 안정적인 삶을 유지하면서 작가의 꿈을 계속 꿀 수 있고, 월세가 절실한 집주인(남주인공)은 월세를 받으며 생활을 유지할 수 있다. 두 주인공은 서로 합의하에 부모님과 가족, 지인들에게까지 진짜처럼 보이는 결혼을 한다.

가장 인상 깊은 장면은 여주인공이 작가의 꿈을 포기하고 고향으로 내려가려다가 남주인공을 만나 그가 일찍이 제안했던 프러포즈를 반복하는 장면이다.

"저기, 저랑 결혼하실래요?"

남주인공은 거절을 당했던 제안이라 놀라긴 하지만 망설임 없이 답한다.

"예!"

그 답에 안도하며 여주인공이 고속버스에 실린 짐을 빼려고 버스 쪽으로 달려가는데, 남자주인공이 외친다.

"저, 한 가지 여쭤볼 게 있습니다!"

저만치 달려가던 여주인공이 멈춰서 돌아서며 큰 소리로 답한다.

"네! 말씀하세요!"

남주인공은 아주 중요한 질문이기에 눈에 힘을 주고는 큰 소리로 묻는다.

"혹시, 저를 … 좋아하십니까?"

카메라는 여주인공의 얼굴을 클로즈업하며 잠시 뜸을 들인다. 이윽고 여주인공은 지극히 편안한 얼굴로 답한다.

"아니오!"

남주인공은 안심이 된다는 듯 어서 짐을 빼서 가져오라고 손짓한다. 이 드라마의 묘미는 이 장면에서 고점을 찍는다. 우리는 결혼의 가장 중요한 전제를 서로를 향한 애정이라고 믿는다. 요즘은 그렇지 않은 사람도 많은 듯하지만, 여전히 사랑은 결혼의 중요한 조건이다. 그런데 이 드라마는 서로가 이성으로 좋아하는 마음이 전혀 없어야만 결혼이 가능하다는 아이러니에서 시작한다. 그 묘한 조합이 신선하다.

물론, 우리 사회의 상식에 따라 결국 그 둘은 정말로 좋아하고, 서로를 이성으로 사랑하게 될 것이다. 그러나 시청자의 마음을 끄는 것은 서로 사랑하기 전, 사랑하지 않은 채로 각자의 삶을 침해받지 않기 위해, 그 절실한 필요성에 의해 결혼을 하는 그 지점이다. 이 지점에서 드라마는 가장 극적인 아이러니를 품으며 우리가 상식적으로 여겼던 타인과의 관계를 다른 관점에서 생각해보도록 이끈다.

드라마에서는 '좋아하는' 감정이 아니라 '필요로 하는' 감정이 더 우세하고 더 합리적이고 효율적이다. 홈메이트로서 두 사람이 꾸려나가는 일상은 이상적이다. 사랑하는 부부로서가 아니라 계약에 근거한 관계로서 둘의 일상이 이상적으로 보일수록 시청자들은 스스로 가졌던 '관계'의 상식이 깨진다. 즉, 우리가 상식적으로 생각하는 것처럼 '사랑해서 결혼한 부부'와 '필요로 하는' 상황을 기반으로 결혼한 부부 사이에 존재하는 괴리를 인식하고 발견하면서 이제까지 유지해온 '부부관계'의 기반이 흔들린다.

서로 '필요로 하는' 상황으로 맺어진 부부는 발전되기 어려운 관계다. 부부관계의 중요한 전제인 '사랑'이 없기 때문이다. 그런데 드라마에서 두 남녀는 사랑하는 부부관계가 아님에도 서로를 존중하고, 각자의 삶의 경계를 지키면서 오히려 돈독해진다. 이런 모습에서 시청자들은 혼란을 일으킨다. 그들의 관계는 전혀 이상적인 기반을 갖고 있지 않음에도 이상적 관계를 유지한다. 왜? 어떻게 그런 결과를 낳았을까?

더 구체적으로 질문해보자. 그들은 분명 서로를 사랑하지 않는데 어떻게 서로를 존중하고 배려할 수 있는가? 바로 이 질문

속에 우리가 알고자 하는 답이 있다. 흔히 우리는 '사랑하는 관계'에서 더 많은 배려와 존중이 가능하다고 여긴다. 그러나 현실은 다르다. '사랑한다'는 이유로 서로 고유의 영역을 침해하고 서로의 삶을 묵살하려 한다. '네가 정말 나를 사랑한다면'이라는 전제는 내가 아닌 그의 삶을 무섭게 갉아먹는다. '사랑하기 때문에' 각자 고유의 영역도, 개성도, 차이도 인정하지 못한다. 모든 것을 공유하고 삶의 구석구석을 남김없이 밝혀야 한다는 전제가 당연한 것으로 인식된다.

문제는 아무리 친밀한 관계더라도 남김없이 자신을 드러내고 모든 일상을 샅샅이 공유한다는 것은 불가능하다는 사실이다. 인간 존재는 자신만의 영역을 필요로 한다. 자신만이 아는 자신의 영역이 필요하며, 그 영역 안에서 사유하고 성찰하며 오직 자기 자신만의 시간을 갖는 일이 필요하다. 그 비밀스럽고도 온전한 영역이 보호되어야만 존재는 안정을 취할 수 있으며, 그 안정을 기반으로 스스로를 성장시킨다.

그런데 우리는 사랑하는 감정을 갖는 너와 나 사이에 삶의 경계를 긋는 것 자체를 용납하지 못한다. 드라마에서는 여주인공의 친구 커플을 통해 현실에서 공공연하게 나타나는 사랑의 폭력적 모습을 보여준다. 즉, 남자가 자기 삶의 고유영역을 설정하고 경계를 설정하자, 그의 사랑은 진정성을 의심받고 바로 이별의 위기에 맞닥뜨린다. 드라마는 이 두 극단의 관계를 시청자에게 보여줌으로써 우리가 생각하는 사랑의 감정이 한편으로는 서로의 삶에 대한 기본적인 존중을 모조리 허물어버리는 불균형한 감정일 수도 있다는 새로운 깨달음을 이끌어낸다. 현재 통용되는 '나를 사랑한다면'이라는 전제가 종국엔 관계를 깨뜨리는 잔인한 씨앗이 되어버릴 수 있음을 보여주는 것이다.

당연하게 여기는 것들을 누차 묻고 다시 정립해나가는 과정은 인생의 어느 시점에서나 필요하다. 그렇게 스스로를 되돌아보고 자신의 생각과 관점에 관해 되묻는 과정이 없다면 우리는 성장할 수 있는 가능성과 기회를 맞이할 수 없다. 어디서 누구와 무엇을 하는지 일일이 숨김없이 말해야 하고, 기분이 어떤지, 나쁘다면 왜 나빠졌는지, 좋다면 왜 좋아진 것인지 남김없이 말해줘야만 그것이 진짜 사랑하는 사이의 의무라고 믿는 오류에서 벗어나려면 이제껏 우리가 당연하게 여겨왔던 '나를 사랑한다면'이라는 전제의 폭력성을 깨달아야 한다. 내가 상대방에게 지닌 감정이 정말 그를 향하는 것인지, 아니면 결핍된 나를 향하는 것인지 분별해야 한다는 뜻이다.

이는 연인 관계에서뿐 아니라 부모와 자식 관계에서도 성립된다. 부모가 자식에게 끊임없이 반복 재생하는 말, '너를 사랑하기 때문에'라는 전제도 마찬가지다. 부모는 '너를 사랑하기 때문에' 자식을 윽박지르고, 혼내고, 무시하고, 강제한다. 하지만 이 세상에는 당연한 것이라고 불릴 만한 것은 없다. 또한 내가 당연하게 여기는 것들이 그에게서도 당연하리라는 보장이 없다. 나와 너의 관계에서 당연하게 생각해야 할 것은 너와 내가 상식이라고 생각하는 지점이 완전하게 엇나갈 가능성이 다분하다는 것뿐이다.

그러므로 내가 갖는 감정, 생각, 관계에 대한 기대 등 모든 것에 관한 성찰적 회의는 의무가 된다. 나와 너 사이에 흐르는 깊은 간극을 메울 수 있는 것은 오직 자신이 확신하고 있는 모든 것에 대한 회의뿐이다. 나아가 열린 마음으로 모든 가능성을 수용하고, 이해하고, 뜻을 헤아리는 읽기의 태도뿐이다. 물론 읽기에는 '너'뿐 아니라, '나'도 포함된다. 서로의 기대, 서로의 요구, 서로의 감정과 기분을 헤아려 긍정적인 관계를 함께 만들어가야 하기 때문이다.

사회가 개인화되면서 사회 구조적 문제까지 개인의 책임으로 짐지워지고 있다. 이렇게 개인의 삶의 무게가 무거워질수록 타인을 향한 관심, 배려와 인정은 강퍅해진다. '나'와 '너'를 독립된 존재로 인정하는 대신 내 짐을 나눠 들 수 있는 관계가 진하고 끈끈한 관계인 것처럼 변질된다. 나를 향한 너의 마음을 확인하려 할수록 나는 너를 '너'로서 인정하고 배려하는 것이 아니라 '나'를 업고 갈 만한 또 다른 나로서의 너를 필요로 하는 것이 아닌지 스스로 되돌아볼 일이다. 혹시 일상의 작은 일마저 숨김없이 공유하는 것이 사랑하는 관계의 특징이자 특권이라고 믿고 있다면, 다시 생각해볼 일이다. 도대체 타인을 좋아하고 이성을 사랑한다는 일이 어떤 일인가를 말이다.

어른이 된다는 것

갓 대학에 입학했을 무렵 그는 친구들을 우르르 몰고 영화를 보러 갔다.

영화의 줄거리는 간단하다. 주인공은 수감자다. 그런데 어딘가를 정해진 날에 반드시 가야 할 일이 있어 어쩔 수 없이 탈옥을 한다. 목적지로 가는 도중에 뜻하지 않게 갈 곳 없는 열 살 남짓의 남자아이와 동행을 하게 되고, 아이를 인질로 데리고 다닌다고 오해를 사 악질 탈옥범으로 찍힌다. 아이와 탈옥범은 몇날 며칠을 쫓겨 다니며 어느 새 깊은 정이 들지만, 결국 어느 한적한 시골 농장의 헛간에서 경찰들에게 포위되고 만다. 주인공은 아이가 다치지 않도록 먼저 경찰들 쪽으로 아이를 보낼 것을 결심한다. 그리고 마지막으로 아이에게 놀이동산에서 함께 찍은 사진을 건네주려고 한다. 그런데 그가 사진을 꺼내려 안주머

내 안에서 일어나는 걷잡을 수 없는 분노나 슬픔이
타인 혹은 어떤 상황에서 비롯된 것이 아니라
내 존재의 근원에서 샘솟아
올라오는 것이라는 것을 알았으니,
이제는 사심 없이 그 감정을 정면으로
대면할 수 있는 여유가 생겼다.

이런 분별이 생기면 일상의 삶 속에서
성숙한 태도를 유지하기가 수월해진다.
부정적인 감정까지 느긋하게
성찰하고 넉넉하게 이해할 때,
우리는 어른이 된다.

니에 손을 넣는 순간, 경찰들은 그가 총을 꺼내려는 줄 알고 발포한다. 주인공은 총을 맞고, 아이는 놀라서 주인공을 안고 울부짖는다. 서커스단인지 어딘지를 따라다니며 학대를 당하는 아이를 구해줬던 터라 아이는 주인공을 마치 삼촌처럼 아빠처럼 따랐다. 그래서 아이의 슬픔은 더 크게 와 닿았다.

그렇게 영화는 끝이 났는데, 진짜 문제는 그 다음부터 시작됐다. 그는 주인공이 총을 맞는 장면에서부터 울음을 터뜨렸는데, 영화의 크레딧이 다 올라가고 극장 내 사람들이 다 나가도록 울음을 그치질 않았다. 극장 직원이 '이제 그만 나가셔야 한다'고 하는데도 그의 울음은 멎기는커녕 급기야 통곡 수준에 이르렀다. 극장 밖으로 나와서도 울음이 그치질 않아 나와 친구들은 통곡하는 그에게 화를 내는 상황까지 벌어졌다. 평소에 그의 그런 모습을 본 적이 없던 터라 정말 의아했다. 그는 극장을 나와 카페에 들어가서도 한참을 더 울었다.

한참 후에 그를 만났더니 그때의 이야기를 꺼냈다. 그 스스로도 몇 년 동안이나 그 일이 미스터리였다고 했다. 무엇 때문에 그렇게 대성통곡을 했는지 몰랐는데, 최근에야 그 이유를 깨달았다는 거다. 그의 말을 요약하면 다음과 같다.

영화를 보는 내내 주인공은 탈옥범이지만 시종일관 선한 모습이었다. 고아나 다름없는 아이와 함께 다니면서 아이가 꼭 가고 싶어했던 놀이동산을 위험을 무릅쓰고 함께 가는 등 아이의 소망을 하나하나 이뤄준다. 그리고 마지막에 아이와 함께한 추억이 담긴 사진을 건네주려다 경찰들에게 사살당하고 말았던 거다. 탈옥을 했다는 사실 하나만 빼면 경찰에게도 아이에게도 길거리의 시민들에게도 피해를 주지 않기 위해 노력했던 사람이었다. 하지만 경찰은 그가 '탈옥범'이라는 이유 하나만으로 그의 모든 의도를 곡해했고, 그런 오해로 인해 그는 결국 죽음을 맞았다.

그 누구도 그의 진심을 알아주지 않았던 게 슬펐단다. 그의 선한 마음을 향한 오해가 너무 억울했다고 한다. '왜 진심을 알아주지 않을까?'라는 질문이 그의 내면에서 일어났고, '왜 그의 선한 의도를 오해하는 걸까?'라는 질문에서 주인공에게 완전히 이입되었던 거다. 오랜 후에야 그는, '타인이 내 진심을 알아주지 않는 상황'에 관한 부정적인 감정이 자기 안에 깊이 내재하고 있음을 깨달았다고 한다. 자기도 알지 못했던 자기 내면의 부정적 감정의 정체를 알고 나니 자신이 일상생활에서 어떤 지점에서 화가 나는지 혹은 슬픔을 느끼는지 좀 더 잘 알게 됐다고 한다. 그리고 그 근본적 원인을 알게 된 후로는 예전처럼 벼락같이 화가 나거나 뜬금없는 깊은 슬픔에 빠져 지내는 일에서 벗어나게 됐다고 한다.

그의 말을 듣고 우리가 어떤 영화를 보거나, 책을 읽거나 혹은 일상 속의 어떤 상황에서 유난히 내 눈길을, 내 마음을 끄는 어떤 장면, 이야기, 사람들을 만날 때가 바로 자기도 모르던 자아를 만나는 순간이 될 수도 있음을 알게 됐다. 어떤 장면이나 상황이 지극한 슬픔이나 견딜 수 없는 아픔으로 거침없이 밀려올 때, 그 순간을 중요한 지점으로 인식할 필요가 있다. '왜 유독 그 장면이 내게 힘들게 다가왔을까'를 말이다. 그것들은 자신도 알지 못했던 무의식의 깊은 트라우마를 발견하는 중요한 단서가 될 수 있다.

이처럼 책이든 영화든 또는 일상에서든 우리가 의미있게 받아들이는 모든 것은 작품의 완성도를 떠나서 내가 그 대상을 마음으로 깊이 읽었다는 뜻이다. 그리고 그 읽기가 나마저도 잊고 있던 나의 무의식에 어떤 작용을 했다는 뜻으로 볼 수 있다. 영화 한 편을 봤을 뿐인데 가슴이 미어진다면, 친구에게서 한 마디 말을 들었을 뿐인데 느닷없이 눈물이 난다면, 동료의 사소한 행동에 벼락같이 화가 난다면 분명, 그 속에서 자신도 인식하지 못한 자신의 무언가를 만난 것이다. 영화 속에서 상처받은 자신과 만났을 수도 있고, 친구의 한 마디가 이제껏 간절하게 듣고 싶었던 말이었음을 뒤늦게 깨달을 수도 있다. 동료의 무심한 행동에서 내가 지독히도 싫어하는 누군가의 모습을 발견하여 그토록 화가 났을 수도 있다.

평소와 다르게 감정이 급변하는 대부분의 이유는 '나'다. 내가 개입되지 않는 한 우리는 객관적이고 이성적인 태도를 유지할 수 있다. 이성을 잃고, 논리를 잃게 되는 결정적인 원인은 바로 그 상황이나 이야기, 대상 속에 '내 자신'이 깃들어 있을 때다.

김혜남은 『어른으로 산다는 것』에서 "슬픔을 이기는 방법은 슬픔 그 자체를 있는 그대로 받아들이는 것에서부터 출발한다. 슬픔은 강물처럼 흘러간다. 그러므로 슬픔이 찾아왔을 때는 충분히 슬퍼하라. 그리곤 그 슬픔을 놓아주라. 그러면 당신은 슬픔이 남기고 간 선물들을 받게 될 것이다"라고 말한다.

내 안에서 일어나는 걷잡을 수 없는 분노나 슬픔이 타인 혹은 어떤 상황에서 비롯된 것이 아니라 내 존재의 근원에서 샘솟아 올라오는 것이라는 것을 알았으니, 이제는 사심 없이 그 감정을 정면으로 대면할 수 있는 여유가 생겼다. 나아가 매 순간 대상을 객관적인 사유와 판단을 근거로 바라볼 수 있는 용기를 얻었다. 이런 분별이 생기면 일상의 삶 속에서 성숙한 태도를 유지하기가 수월해진다. 부정적인 감정까지 느긋하게 성찰하고 넉넉하게 이해할 때, 우리는 어른이 된다.

III-5_인격체로 대하기
사람을 좋아한다는 게
뭔지는 아나?

　'본방사수'는 하지 못했지만 꼬박꼬박 챙겨봤던 tvN 드라마
『나의 아저씨』(김원석 연출, 박해영 극본)가 대단원의 막을 내렸다. 처
음엔 너무 어둡고 무거운 이야기라는 생각에 일부러 보지 않았
는데, 우연히 첫 회를 본 후로는 계속 보게 됐다.

　부모에게 버림받은 주인공의 곁을 지켜준 할머니를 소녀는
목숨처럼 여기며 자란다. 도저히 그 나이에 겪었으리라고는 상
상할 수도 없는 삶을 살아온 소녀는 말 그대로 하루하루를 꾸역
꾸역 버텨낸다. 듣지도 말하지도 못하는 할머니와 수화로 소통
하면서 시끄럽고 복잡한 도시에서 침묵하며 투명인간처럼 살아
간다. 소녀와 할머니가 이 세상에 존재한다는 것을 확인시켜주
는 이는 폭력을 휘두르는 사채업자뿐이다. 그런 주인공에게 손
을 내민 한 사람의 어른이 바로 '아저씨'다.

아저씨는 우리가 사는 이곳에서 흔히 볼 수 있는 마흔 중반의 회사원이다. 묵묵히, 성실하게 자기 일을 해나가는 사람이다. 하루가 멀다하고 말썽을 일으키는 형과 동생 사이에서 실질적인 형 노릇을 하며 아내와 자식뿐 아니라 형과 동생, 어머니까지 짊어지고 매일을 걷는 사람이다.

그런 그가 소녀(주인공)에게 시선을 둔다. 자신도 모르는 사이 자기의 얼굴빛을 그녀에게서 발견했던 걸까? 오직 그녀에게만 햇빛이 닿지 않고, 그녀에게만 닿으면 세상의 온갖 색이 사라지고 흑백이 되어버린다는 것을 알았던 걸까? 그는 지극히 보통의 사람, 말 그대로 '아저씨'다. 특별히 정의롭지도, 용기 있지도, 강하지도 않다. 그저 사람이 사람에게 해야 하는 가장 기본적인 태도를 유지한다. 그런데 이 도시의 사람들이 그런 기본적인 태도를 잃어가다 보니 그의 삶의 태도, 사람을 향한 시선이 한없이 따뜻하게 느껴진다. '도대체 우리는 무엇을 위해 이렇게 아등바등 사는 걸까?'라는 물음이 끝없이 차오른다. 내 곁에도 '아저씨' 같은 사람이 있나? 나는 누군가에게 '아저씨' 같은 사람으로 살고 있나?

불행해 보이는 얼굴을 만나면 우리는 너나 할 것 없이 피하기 바쁘다. 어둡고 무거운 이야기 같아서 이 드라마를 보려 하지 않았던 것처럼. 마치 그 불행이 내게 옮겨 붙을까 봐서 두려워하며 피한다. 그 두려움과 이기심이 자기 얼굴에 고스란히 드러나는지도 모른 채. 우리는 '어떻게 하면 행복해질 수 있을까?'에 집착하면서 결국 그 집착으로 인해 불행해진다.

이제 이 도시를 걷는 많은 사람들에게 햇빛은 가 닿지 않는다. 도시는 날마다 화려해지고 새로워지지만 사람들은 표정을 잃은 채 유령처럼 오간다. 시선은 자기가 걷는 방향 저만치 멀리 두고, 신속하게 그 지점까지 다다르지 않으면 큰일이 날 것 같은 두려운 얼굴로. 두려움은 그들을 긴장하게 만들고, 자칫 옷깃이라도 스치면 언제든 화를 낼 수 있도록 신경질과 짜증을 장전해 두게끔 한다.

상처받지 않으려고 먼저 상처를 주는 게 오늘을 사는 사람들의 관계맺음 방식이다. 그런데 '아저씨'와 그 일당들은 이 도시의 룰을 잘 모른다. 상처를 받아도 상처를 되돌려주지 않는다. 자기들끼리 상처를 어루만지며 다시 오늘을 살아간다. 미련하고 우둔해 보일 지경이다. 그러다 그들을 미련하다고 느끼는 내 자신이 싫어진다.

아저씨와 주인공 사이의 관계를 의심하며 회사의 대표가 야유하며 다그친다.

"너 김동훈 좋아하지? 좋아하잖아~ 그치? 좋아하지?"

그러자 그녀는 조용히 답한다.

"그래 좋아해. 그런데 왜 비웃지? 사람이 사람을 좋아한다는 게 뭔지는 아나?"

그 순간 드라마 밖에 존재하던 나의 세상이 정지해버렸다. 나는 알고 있나? 우리는 알고 있나? 사람이 사람을 좋아한다는 게 무엇인지. 모든 편견과 판단을 중지하고 한 존재를 있는 그대로 존중하고 인정한 적이 있었나? 아저씨가 그녀를 바라보듯, 사람이 사람을 바라보는 그 눈빛으로 내 주위의 사람들에게 시선을 둔 적이 있었나? 그가 불행한 얼굴을 하든, 화내는 얼굴을 하든 그의 마음이 지금 어떤 상태인가를 헤아려보려고 했던가? 그리하여 '너는 누구에게 한 번이라도 뜨거운 사람'(안도현의 시 '너에게 묻는다' 중에서)이었던가?

어쩌면 우리는 우리 자신에게조차 따뜻한 시선을 둔 적이 없는지도 모른다. 타인의 시선을 의식하지만 오직 우습게 보이지 않도록, 그래서 내 것을 잃지 않도록 하는 것에만 관심을 둔다. 잃지 않는 것에 급급하다 보니 주는 것도 받는 것도 모두 거부한다. 내 것을 더 뺏길지도 모른다는 두려움으로 아예 주지 않으려 하고, 내게 해가 되는 것일 수도 있다는 불신으로 받으려 하지 않는다. 높은 효율성과 만족스런 가성비처럼 물질적 상황의 앞뒤를 꼼꼼히 따져 손실을 보지 않는 사람이 똑똑하게 잘 살아가는 사람이라고 인정하는 사회다. 손해를 보면서도 누군가를 돕거나, 자기가 짊어진 짐도 처리하지 못하면서 남의 짐마저 짊어지는 사람은 미련한 '루저'다.

똑 부러지게 살기 위해, 손해 보지 않기 위해 노력하는데 어째서 우리의 일상은 매 순간 팍팍하고, 하루가 저물 때마다 끝도 없는 외로움에 빠지는 걸까? 삶은 나날이 해가 들지 않는 암흑의 길로 향하는데, 그런데도 다른 길로 갈 엄두도 내지 못한 채 불안과 두려움 덩어리를 잔뜩 등에 지고 빠른 걸음으로 그 길을 걷는다.

『나의 아저씨』는 내게, 오늘 나와 마주치는 사람들과의 관계에 관한 깊은 질문을 던지고 떠났다. 따뜻한 햇살을 온 얼굴로 맞이하는 주인공의 마지막 모습이 실마리다. 사람이 사람을 좋아한다는 일은 우리가 알고 있는 일상의 룰과 다르다. 아저씨와 주인공이 각자 지니고 있던 한줌도 채 되지 않는 희미한 햇살을 서로에게 비추자 그 빛이 날을 거듭할수록 강하고 넓게 퍼져나간 것처럼, 주면 줄수록 나누면 나눌수록 원래 지녔던 것보다 더 크고 강력하게 불어난다.

네가 내게 건네는 따뜻한 말 한 마디, 한 걸음 내딛기도 힘든 순간 내밀어주는 너의 손, 외롭고 슬픈 나를 위로하는 너의 눈물 가득한 눈동자…. 그것이면 족하다. 사람답게 산다는 것은 물질적으로 풍요롭고 화려하게 산다는 것을 의미하지 않는다는 것을 우리 모두는 알고 있다. 그러니 철학자 하이데거의 말처럼 '양

심의 부름에 응답'하며 살면 된다. 서로를 사람으로 대하고 사람답게 살아갈 때 우리는 더 이상 외롭지 않다. 나아가 이 도시는 더 이상 차갑지 않다.

사람과 사람 사이의 섬에 이르려면

이제까지 다양한 매체와 일상 속 현상에서 마주치는 각양각색의 관계를 읽었다. '읽기'를 통해 미처 알지 못했던 '나'를 발견했으며, 이를 기반으로 '나'와 '너'를 분리했다. '우리'로 나아가기 전, 나와 너를 독립적 존재로 인정하고 수용해야 하는 필요성도 깨달았다. 나아가 긍정적인 관계를 위해 필요한 태도와 마음가짐에 대해서도 생각해봤다. 이러한 모든 과정의 기저에는 '나'를 읽고 이해하는 것을 기반으로 하지 않고서는 관계뿐만 아니라 일상의 다양한 현상을 객관적으로 읽어내기 힘들다는 대전제가 깔려있다.

"커뮤니케이션을 알아가는 것이 우리 자신을 알아가는 일이기도 하다. 내가 자신과 타인을 어떻게 바라보는지, 직장에서 어떻게 행동하는지 그리고 어떻게 가족과 관계를 맺고 있는지, 이 모든 것이 우리가 어떻게 커뮤니케이션하는가에 따라 결정되는 일이다. 커뮤니케이션을 공부함으로써 우리 각자의 행동이 왜 서로 다른지, 그리고 왜 특정한 경우에 특정하게 행동하는지에 대해 알 수 있다." (오미영, 정인숙 공저 『커뮤니케이션 핵심이론』 중에서)

위의 발췌문에서 '커뮤니케이션'을 '읽기'로 바꾸어보자.

"읽기를 알아가는 것이 우리 자신을 알아가는 일이기도 하다. 내가 자신과 타인을 어떻게 바라보는지, 직장에서 어떻게 행동하는지, 그리고 어떻게 가족과 관계를 맺고 있는지, 이 모든 것이 우리가 어떻게 (일상의 모든 것을) 읽는가에 따라 결정되는 일이다. 읽기를 공부함으로써 우리 각자의 행동이 왜 서로 다른지, 그리고 왜 특정한 경우에 특정하게 행동하는지에 대해 알 수 있다."

전혀 어색하지 않다. 이 책에서 말하는 '읽기'는 넓은 의미의 '커뮤니케이션'과 상통한다. 사람과 사람 사이의 관계와 소통의 측면은 물론이고 매체와 사람, 현상과 사람, 사회와 사람 등 모든 면에서 그렇다. 요컨대, "커뮤니케이션을 배우고 이용하는 것은 우리의 삶을 넓혀나가는 과정"이라는 관점에서 커뮤니케이션을 정의할 때, 이는 책이나 영화, 일상의 현상을 읽어내려는 행위와 일치한다.

이로써 커뮤니케이션을 통해 '읽기'를 좀 더 구체적으로 알아볼 길이 열린다. 커뮤니케이션은 본질적으로 송신자와 수신자로서의 '나와 너'라는 관계를 전제로 하므로 '주체인 나'와 상대되는 '객체인 너'라는 대상만 있다면 모든 상황에 적용 가능하다.

커뮤니케이션은 기본적으로 자아개념, 즉 자신을 스스로 어떻게 느끼는가에 대한 앎을 중요시한다. 자아개념은 한 존재의 지각에 지대한 영향을 미친다. 자아개념에 따라 지각은 삭제, 왜곡, 일반화 혹은 지각여과와 같은 불완전한 현상을 초래한다. 다시 말해, 학습을 통해 형성되는 자아개념은 거듭되는 지각경험으로 일정한 형태를 갖추게 되는데, 현재의 지각은 과거의 지각경험과 그로 인해 형성된 자아개념에 따라 왜곡되거나 아예 삭제되어버릴 여지가 생긴다는 말이다. 같은 현상에 대해 사람들이 저마다의 입장과 관점에서 다르게 인식하고 반응하는 것은 이런 이유다. 특히 관계 안에서 나와 너 사이에 일어난 일을 두 사람이 전혀 다르게 인식하는 경우 또한 이에 해당한다.

자아를 객관적으로 인식하지 못하는 사람이 저지르는 가장 심각한 현상은 지각여과다. "지각여과는 자신만의 렌즈로 세상을 바라보는 데서 일어난다." 열등감이 많은 사람은 긍정적인 자아개념은 갖기 어려울 것이고, 긍정적인 자아개념을 유지하기가 어려우면 남과는 다른 시선으로 일상을 받아들인다. 가령, 길을 가다가 지나가는 사람들이 웃기만 해도 '나를 보고 비웃는 건가?'라고 생각하며 불쾌하게 그 상황을 인식한다.

자기만의 색안경으로 대상을 인식하는 일은 칸트의 '인식론'으로 설명된다. 칸트는 사람의 주관에는 색안경과 같은 감성, 정리하는 지성, 전체를 추론하는 이성이라는 세 가지 인식장치가 있는데, 이들 장치는 주관에서 분리될 수 없으므로 대상 그 자체인 '물자체'를 인식할 수 없는 게 사람의 한계라고 말한다. 그리하여 칸트는 "이성의 의의는 세계의 모습을 경험적으로 파악하는 게 아니라 무엇이 도덕적인가를 밝히고 도덕적으로 행동하기 위한 능력"이라고 주장한다.

칸트와 더불어 '인식의 한계'를 지적한 철학자로 니체가 있다. 니체는 "인식이란, 욕구에 상관한 가치평가로서의 해석"에 불과하므로 "우리가 의식하는 것은 유효성의 기준에 따라 조정된 결과일 뿐"이라고 말한다. 하지만 그는 칸트와 달리 '공통의 인식구조'마저 부정하며 오직 '자신의 의지로 성장하는 힘'을 믿어야 한다고 주장한다.

자신의 한계 즉, 자아개념을 인식하는 것만으로도 우리는 관계 안에서, 나아가 삶을 살아가는 과정 속에서 훨씬 자유롭고 편안해질 수 있으며 긍정적인 커뮤니케이션을 실행할 수 있다. 스스로 지닌 자아개념은 좋고, 나쁘고, 맞고, 틀리고의 문제를 벗어난다. 위에서 살펴본 것처럼 그것은 인식에 관한 문제다. 그러므로 바꾸고 개선해야 한다는 강박을 가질 필요도 없다. 다만 '내가 이렇지'라고 자기를 인정하고 받아들이는 것만으로 족하다.

자신의 욕구와 결핍을 객관화하여 인식한다는 것은 타인과의 관계에서 온전한 소통을 할 수 있는 기반을 단단히 다졌다는 것과 같다. 이제 자신의 한계를 받아들인 것처럼 겸허하게 타인을 있는 그대로 바라보면 된다. 서로가 한계를 인정하고 꾸밈없는 모습으로 대면할 때, 우리는 우리들 사이에 존재하는 섬(정현종의 시 '섬'에서 차용)에서 온전히 만날 수 있다.

타인을 돕는다는 것

오랜만에 친구와 대형 쇼핑몰 식당가에서 밥을 먹는 중이었다. 한창 이야기를 나누는 중에 친구가 앉은 쪽 뒤편에서 아기 울음소리가 들려왔다. 이야기를 나누다가 저절로 이마를 찡그릴 만큼 자지러지는 울음소리였는데, 점점 소리가 가까워졌다. 여러 사람이 오고 가는 곳이니 그럴 수 있다고 생각하고 개의치 않고 이야기를 계속하려는데 심상치 않은 울음소리가 바로 옆에서 들려와 무심코 소리가 나는 쪽을 돌아봤다.

우리가 점심을 먹은 가게는 사방이 트여 있었다. 우리가 앉은 옆쪽은 바닥에 인조잔디를 깔아 마치 공원의 오솔길처럼 꾸며놓은 실내 쇼핑몰의 길목이었는데, 돌도 채 안 된 아기가 그 바닥을 뒹굴뒹굴 구르며 자지러지게 울고 있었다. 자세히 그 광경을 살펴보니, 아기 엄마는 어떻게 해야 할지 모르겠다는 듯 절망에 가득 찬 표정으로, 아니 금방이라도 울음을 터뜨릴 것만 같은 표정으로 아기 옆에 쭈그려 앉아 있었다. 나는 아기 엄마에게 다가갔다.

"제가 아기를 좀 안아볼까요?"

나는 아기 엄마에게 말은 붙이며 아기를 안으려고 다가갔다. 그런데 아기는 낯선 얼굴이 다가오는 것을 보고 더 심하게 울어댔다. 나는 이러지도 저러지도 못하고 한 걸음 뒤로 물러나 서서 아기 엄마를 향해 말했다.

"어떻게 도와드리면 될까요?"

내 간절한 마음이 전해졌는지 아기 엄마는 조금 정신을 차린 듯하다.

"원래 낮잠을 자야 하는 시간인데… 그 시간을 넘겨서 잠투정을 저렇게 하는 거예요."

그 짧은 말을 하는 동안, 그녀의 표정 속에는 오래도록 켜켜이 쌓여 만들어진 피로와 불면, 말로 표현하기 어려운 고단함이 묻어났다. 그 순간, 아기 엄마의 얼굴에서 오래전 나의 얼굴이 떠올랐다.

친구의 도움으로 아기가 엄마의 품에 안기도록 할 수 있었고, 엄마의 품에 안긴 아기는 서서히 안정을 되찾으며 잠이 들었다. 아기 엄마는 우리에게 희미한 미소로 인사를 대신하고 떠났다. 나도, 친구도 미소로 답했다. 우리는 서로 미소를 나눴지만, 그 뒤에는 '엄마'가 되어본 사람만이 느낄 수 있는 진한 연민과 슬픔이 남았다.

학자이자 저술가인 우치다 타츠루는 『하류지향』이라는 책에서 '새벽에 홀로 눈을 치우는 사람의 중요성'에 관해 말한다. 만일 우리가 알지 못하는 그 누군가가 새벽에 홀로 일어나 쌓여 있는 많은 눈을 치우지 않는다면, 아침에 우리는 그 길을 지나가기가 무척 어려울 것이며, 그래서 제시간에 출근을 하거나 등교하는 일이 힘들어질 것이라는 점을 강조한다. 새벽에 홀로 일어나 동네의 눈을 치우는 행동으로 그가 얻을 즉각적이거나 실질적 이득은 없다. 그러나 그렇게 눈을 치우는 사람이 없다면 이 사회는 아니, 당장 우리들은 엄청난 불편을 겪게 된다는 것이다.

그런데 요즘 청소년들은 자신을 '소비주체'로만 인식하기 때문에 사회 전반적으로 문제가 발생한다고 그는 경계한다. '소비주체'는 '교환가치'를 가장 우선시한다. 즉 어떤 일을 행할 때, 그 행동과 바로 맞바꿀 수 있는 것, 자신에게 즉각적으로 돌아오는 이익이 없다고 판단되면 아무것도 하지 않으려 한다는 거다. 그러나 저자는 이 세상은 '교환가치'와 '소비주체'만으로 유지될 수 없음을 강조한다. 그러면서 결국 '교환가치'를 우선시하는 '소비주체'들의 사고와 삶의 기준이 얼마나 협소하고 단편적인 것인가를 밝힌다.

　새벽에 홀로 눈을 치우는 사람이 그 일로 어떤 이득을 얻을 것이라 기대했을 리 만무하다. 그는 그 길을 지나는 사람들의 저마다의 삶을 떠올렸을 것이다. 누군가는 긴급한 상황에 맞닥뜨렸을 수도 있고, 누군가는 일생일대의 시험이나 면접을 보기 위해 집을 나섰을 수도 있다. 또는 몸이 불편한 사람이 마침 그날 꼭 가야 할 곳이 있어 눈이 많이 왔음에도 떠날 채비를 하고 나왔을지도 모른다. 무엇보다 언제든 자신이 혹은 자신이 사랑하는 사람들이 바로 그들과 같은 입장이 될 수 있다는 생각에서 눈을 치웠을 것이다. 그 아기 엄마의 얼굴에서 내 얼굴을 마주했던 것처럼 말이다.

　타인을 읽는다는 일은 이처럼 상황과 입장을 바꿔서 생각하는 일, 즉, '타인의 입장에서 사유하기'와 분리해서 생각할 수 없다. '타자에 대한 환대'라는 화두로 철학적 사유를 한 레비나스는 '타자'를 통해 '나'라는 존재가 성립하게 되므로 타자와 자아는 불가분의 관계라고 말한다.

　이런 관점에서 보면, 타인을 읽는 일은 필요에 따른 선택이 아니다. 나아가 어려움에 처한 타인을 만났을 때 그를 돕는 일 역시 선택의 여지가 없는 일, 사람이라면 마땅히 해야 할 일이다. 그러나 오늘의 우리는 그 마땅한 일을 하지 않는다.

서로를 물질로 대하는 소비주체를 계속 고집한다면 길거리에서 느닷없이 어떤 위협이나 위험에 빠졌을 때 속절없이 당할 수밖에 없다. 이미 그런 상황을 맞닥뜨린 사람들이 종종 뉴스에 보도된다. 길거리에 많은 사람들이 있었지만 누구도 위험에 빠진 사람을 돕지 않았다는 뉴스 말이다. 언제든 나와 타인의 입장이 뒤바뀔 수 있음을 깨달을 때, 우리는 본연의 사유 주체로 돌아가 타인을 돕는 일의 중요성을 깨닫게 된다. 우리에게 서로의 존엄을 지켜주어야 하는 의무가 있음을 깨달을 때, '나' 역시 사람으로서의 존엄을 지키며 살아갈 수 있다.

IV
사회 읽기

우리는 서로
연결되어 있다

IV-1_시대감각
나에게도 닥칠 수 있는 일들

스승의날 이틀 전, SNS에 '카피라이터는 모두 모여라'라는 메시지가 떴다. 정치광고로 유명한 한 카피라이터가 스승의날 L 선생님을 모실 예정이니 카피라이터라면 누구나 와도 좋다는 거다. 두 사람과 개인적인 연은 없었지만, 메시지를 본 순간 가야겠다고 결심했다. L 선생님은 카피라이터라면 누구나 한 번쯤 만나고 싶어 하는 1세대 카피라이터다.

지금 생각하면 당시 나는 누군가의 조언을 듣고 싶었던 것 같다. 제2의 사춘기를 맞이한 것처럼 심리적 방황을 하고 있던 터였다. 살아가는 이유부터 존재의 정체성, 어른답게 살고 있는가에 관한 회의, 우리 사회의 문제와 그 속에서의 위치와 역할 등에 관한 끝없는 물음이 몰려와서다. 의미 있게 살고 싶은데 어떻게 살아야 할지 갈피를 못 잡고 있을 때였다.

L 선생님은 푸근한 할아버지 같았다. 함께 있는 시간 내내 엷은 미소를 머금은 모습이 선생님을 뵙기 위해 카피라이터 지망생부터 중견 카피라이터까지 모두 한 자리에 모인 게 흐뭇하신 듯했다. 나는 가슴에 품고 갔던 질문을 꺼내놓았다.

"선생님, 카피라이터로 살면서 가장 자랑스러웠던 때가 언제였는지 궁금합니다."

워낙 카피라이터로 추앙받는 분이라 명예로운 순간, 세간이 떠들썩하게 히트 친 광고들이 선생님의 머릿속에서 주마등처럼 스쳐 갈 것이라 예상하며 답을 기다렸다. 선생님은 편안한 얼굴로 고민하는 기색 하나 없이 답하셨다.

"H 신문 창간 모금광고 쓴 게 가장 자랑스럽지."

그러고는 당시의 상황을 설명해주셨다. 부끄러운 얘기지만 당시의 나는 그 신문이 국민들의 모금으로 창간되었다는 사실도 몰랐고, 언론의 자유를 위해 선생님이 재능기부를 하게 된 당시의 정치적 상황 등도 전혀 몰랐다.

집에 돌아와서 여러 생각이 들었다. 선생님은 업계에서도 성공했고 사회적으로 명성도 얻었지만 그런 것은 중요한 게 아니라는 태도였다. 지나온 삶의 가장 자랑스러운 일을 능동적인 정치-사회적 실천으로 꼽았다는 게 뜻밖이었다.

정말 공교롭게도 그해 봄, 선생님을 뵙기 두 달 전쯤 나는 한강의 소설 『소년이 온다』를 읽었다. 내 삶의 방향과 내 존재의 정체성을 세우려고 애를 쓰고 있던 시점이었는데, 소설은 나를 뜻밖의 곳으로 이끌었다. 소설의 여파에 이끌려 도서관에서 최정운의 『오월의 사회과학』을 찾아 읽었고, 나는 처음으로 '나' 혹은 '너'라는 협소한 경계를 넘어 '사회'라는 더 큰 범주로 시선을 던지게 됐다.

늘 내 감정과 내 삶에만 충실하면 된다는 생각에 치우쳐 살다가 다른 층위의 삶을 접하게 된 거다. 당혹스러운 한편 납득하기 어려운 진실 앞에서 걷잡을 수 없는 분노를 느꼈다.

선생님과 만남은 거기에 불을 지른 격이었다. 사회와 나를 연결하고 있는 끈이 무엇인가 생각하지 않을 수 없었다. 내 삶의 정체성을 명확하게 찾을 수 없었던 건 내 자신의 위치를 내 삶 안에서만 찾으려 했기 때문이었다. 내 위치를 확인하기 위해서는 내가 살고 있는 이 사회의 전체 지도를 갖고 있어야 했다. 즉, 나와 나의 지인들뿐 아니라 서로 알지는 못하지만 이 시대를 함께 살아가는 사람들, 이 사회를 지금의 모습이 되기까지 지켜온 혹은 변화시켜온 사람들, 그들이 겪은 혹은 일으킨 일들에 관해 알아야 했다. 내가 당할 수도 있었던 부당한 일을 당한 혹은 당하고 있는 사람들, 내 몫이 되었을 수도 있는 궁핍과 기아를 겪는 사람들, 내가 태어났을 수도 있는 바다 건너의 여러 나라들 그리고 지금, 여기에서 함께 살아가는 사람들에 관해 나는 어느 정도 알고 있는가? 얼마나 관심을 쏟고 있는가? 그런 확장된 인식 없이 중년을 맞이하고 좋은 부모가 되겠다고 안간힘을 쓰고 있었던 거다.

열심히 살아도 번번이 삶의 어느 한 구석이 뻥 뚫려 있다는 기분은 공연한 것이 아니었다. '나와 너'라는 협소한 범주를 넘어 '사회'라는 보다 넓은 범주를 향해 시선을 두지 않고, 동시대를 함께 살아가는 사람들을 향한 관심 없이 나의 삶이 의미 있기를 바라는 것만큼 이기적이고 어리석은 게 없다.

선생님을 뵌 다음 날 아침, 생각지도 못한 문자가 왔다.

"추억에 남을 즐거운 밤, 반가웠습니다."

카피라이터의 살아있는 전설, 모두가 추앙하는 선생님이 전날 저녁 만났던 그 많은 사람들에게 일일이 문자를 보내신 거라 생각하니 절로 고개가 숙여졌다. 그 후로 연락 한 번 드린 적 없지만, 몇 개의 휴대전화가 교체되면서도 내 휴대전화 문자메시지에는 여전히 선생님과 나눈 메시지가 저장되어 있다. 자주 메시지를 확인하며 그날을 기억한다. 아니, 그날을 잊지 못해 자주

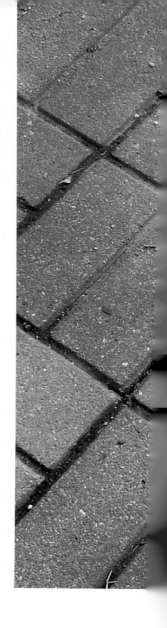

'어떻게 살아야 하는가?'라는 질문을
가슴에 품고 우리들은 살아간다.
그러나 '어떻게 살아야 하는가?'라는 질문은
정해진 답이 있음을 전제한다.
그래서 '어떻게 살고자 하는가?'로 질문을 바꿔본다.

조금만 나아가 생각해보면 타인의 고통이
이 세상에 존재하는 한 언제든 나에게도
그 고통이 닥칠 수 있다.
그러므로 타인의 고통은 더 이상
'타인'의 고통으로만 존재하지 않는다.

우리의 시선이 나와 너를 넘어,
시대의 어둠을 넘어 저만치
빛이 시작되는 곳까지 닿아야 하는 이유다.
사회를 읽는 일은 이처럼 우리가 모두
연결되어 있다는 시대감각에서 시작된다.

메시지를 확인한다.

'어떻게 살아야 하는가?'라는 질문을 가슴에 품고 우리들은 살아간다. 그러나 '어떻게 살아야 하는가?'라는 질문은 정해진 답이 있음을 전제한다. 그래서 '어떻게 살고자 하는가?'로 질문을 바꿔본다. 질문을 바꾸니 스스로 삶의 가치와 방향을 탐구하며 답을 찾아 나갈 수 있는 길이 열린다.

『소년이 온다』로 시작해서 스승의날 L 선생님과의 만남은 내게 '어떻게 살아야 하는가?'라는 질문을 '어떻게 살고자 하는가?'로 바꾸어놓는 계기가 됐다. 나와 내 주변의 사람들에 갇혀 있던 시선이 동시대의 타인에게까지 확장되었다. 나도 모르게 그어놓았던 삶과 인식의 경계가 허물어졌다.

수전 손택은 『타인의 고통』에서 오늘날 최첨단의 기술이 세계 곳곳에서 벌어지는 재앙을 이미지화해 실시간으로 공급함으로써 오히려 인류는 나의 고통과 타인의 고통을 이분법적으로 분리하고 타인의 고통을 습관처럼 받아들이고 있다고 지적한다. 요컨대 타인의 고통을 한낱 구경거리로 생각하고 내가 아닌 '그'라는 사실에서 안도감을 느낀다는 뜻이다.

그러나 조금만 나아가 생각해보면 타인의 고통이 이 세상에 존재하는 한 언제든 나에게도 그 고통이 닥칠 수 있다. 그러므로 타인의 고통은 더 이상 '타인'의 고통으로만 존재하지 않는다. 우리의 시선이 나와 너를 넘어, 시대의 어둠을 넘어 저만치 빛이 시작되는 곳까지 닿아야 하는 이유다. 사회를 읽는 일은 이처럼 우리가 모두 연결되어 있다는 시대감각에서 시작된다.

자발적 학습자로 서야 하는 이유

오래전 누군가가 해준 얘기다. 그가 초등학교 1학년 때였다고 한다. 조용히 자습하라는 당부를 하고 선생님이 잠시 자리를 비웠는데, 그 사이를 틈타 아이들은 마구 떠들었다. 와글와글한 소리가 복도를 타고 학교 전체로 퍼져나갔고, 곧 선생님이 무서운 얼굴로 교실에 나타났다. 선생님은 아이들에게 책상 위에 올라가 무릎을 꿇고 앉으라 하고는 뒷자리 아이부터 한 명 한 명 발바닥을 때리기 시작했다. 그는 어른이 된 후에도 자기 차례가 가까워질수록 증폭되던 극심한 공포를 잊을 수 없다고 했다.

지금이라면 있을 수 없는 이야기지만, 내 또래 사람들에겐 흔한 이야기다. 나 역시 체벌은 '당연한 것'이라 여기며 학교를 다녔다. 수업시간에 대답을 못하거나 선생님 눈에 거슬리는 행동을 하면 등짝을 얻어맞거나 머리를 쥐어박히기 일쑤였다. 평소에는 한 번 맞을 일도 선생님의 기분에 따라 두 배, 세 배로 맞기도 했다. 그래도 수긍했다. 누구도 학교와 선생님의 뜻에 거스를 수 없던 때였다.

이유를 막론하고 그것이 '당연한 것'으로 받아들여지는 것만큼 위협적이고 폭력적인 것은 없다. '당연한 것'이라는 말은 다양한 의견이 존재할 수 있는 모든 가능성을 차단한다. 학창시절엔 한번도 '학교'라는 사회를 의심해본 적이 없었다. 학교에서 일어나는 모든 일은 당연히 따라야 하며, 학교에서 가르치는 모든 것은 절대 지식이라고 여겼다. 그러나 역사적으로 왕권강화를 위해 가장 먼저 정비한 것이 '교육제도'였다는 사실은 우연이 아니다.

전국에 대학이 우후죽순으로 생기면서 누구나 대학 졸업장을 갖게 된 건 신군부 독재정권 시대부터다. 전국 방방곡곡, 부모라면 누구나 자식을 대학에 보내야 한다는 당위가 지상 최대의 과제가 된 거다. 그 정권은 기성세대의 관심을 정치가 아닌 교육으로 돌림으로써 체제를 유지하고 강화시키는 기반을 마련했다. 학교는 그렇게 권력의 앞잡이로 굳건하게 제도화되어갔다.

이반 일리히는 『학교 없는 사회』에서 "(교육이라는) 가치가 '제도화'되었을 때 물질적 오염, 사회적 양극화, 심리적 무능화를 초래한다"고 주장했다. 즉, 다양한 의견과 가치를 수용하지 못하는 교육은 더 이상 '교육'이 아니라 '권력의 하수인'에 불과하다는 의미다.

현대 사회는 개인이 국가권력에 대응하는 것을 막는 보호장치로 '무한경쟁'이라는 구조를 장착했다. 오늘날 우리 사회는 이유를 불문하고 무한경쟁에서 살아남으면 그 개인을 성공신화로 만들어 높이 떠받든다. 무한경쟁을 합리화시키는 최일선에 교육제도, 즉 학교가 있다.

그러나 정작 권력의 핵심을 차지하고 있는 이들과 그 권력을 받쳐주기 위해 존재하는 이들은 그 대열에서 벗어나 있다. 제도는 권력을 쥐고 있는 자들이 권력을 지속적으로 유지할 수 있도록 판을 짜고, 그들의 필요에 의해 수정되는 경향이 강하다. 그리하여 권력을 쥔 사람들에게는 경쟁하지 않아도 권력을 상속받을 수 있는 길이 열린다. '열심히 노력하면 원하는 것을 모두 이룰 수 있으며, 원하는 것을 이루지 못한 사람은 충분히 노력하지 않아서다'라는 경쟁사회의 논리는 권력과 멀리 있는 보통의 사람들에게 '최선을 다하지 않았다'라는 죄책감을 갖도록 부추긴다. 웬만한 불평등과 불이익은 참아내야 '노력한다'고 할 수 있으며, 그것을 참고 이겨내야 원하는 것을 이룰 수 있는데, 성공하지 못한 사람들은 인내하지 못하고 노력하지 않았기 때문이라는 기묘한 논리가 통용된다.

이 사회는 어떤 면에서는 균형적이고 객관적이며 이성적이다가도 권력자의 편에서는 무한히 주관적이고 몰상식하다. 이런 권력의 특성이 드러나면서 모든 일에 대해 음모론을 퍼뜨리는 사회현상이 일어나기도 한다. '거짓뉴스'도 같은 맥락이다. 힘을 얻기 위해 기존 권력에 관련된 현상이나 사실을 왜곡하고 극대화시키거나 폄하한다. 객관적 시선을 잃은 주관적 판단을 사실인 양 퍼뜨린다. 그러나 이는 보통 사람들끼리 벌이는 '제 살 깎아먹기'와 같다. 사회 불안과 불신만 증폭시켜 오히려 권력을 더욱 공고하게 한다.

문제는 권력과 상관없는 대중은 사회현상에 관해 시시비비를 가릴 수 있는 정보가 부족하다는 사실이다. 그래서 이런저런 뉴스에 휩쓸린다. 이 시대는 얻고자 하면 무엇이든 원하는 정보를 얻을 수 있다는 신화에 사로잡혀 있다. 그러나 정말 모든 이에게 정보가 고르게 주어지고 있는가에 대해 묻지 않을 수 없다.

정보가 불균형한 이유는 다양하다. 우선, 발전된 정보기기의 보유 여부가 문제다. 그러나 그런 물질적 요인에 앞서 질 높은 정보를 향한 접근이 균형적인가를 가늠해보자. 누가 '고급정보'를 얻을 수 있는가? '고급정보'의 범위와 효용은 무엇인가? 혹은 왜 대중은 증권가 '찌라시'에 관심을 갖는가? 등을 물었을 때, 우리는 우리들 자신, 곧 대중이 얼마나 '고급정보'를 얻고 싶어 하는가를 알 수 있다. 대중은 그런 '고급정보'에 접근 자체가 차단되는 경우가 허다하다는 사실 또한 알 수 있다.

학교는 이런 사회와 권력의 양면성을 가르치지 않는다. 많이 개방되고 유연해졌다고는 하지만 현 교육은 여전히 질문을 허용하지 않는다. 갇힌 지식은 갇힌 존재를 양산한다. '학교와 자유'라는 단어의 조합에서 불협화음을 느끼는 이유다. 그리고 바로 이런 이유로 우리는 '자발적 학습자'가 되어야 한다.

우리가 처한 현실과 상황을 면밀하게 살피고(관찰하고), 그 상황이 무엇을 의미하는지 따져볼 일이다. 소설을 읽으면서 어떤 사회적 조건 혹은 배경이 사건의 발단이 되었는가를 따지듯이, 그 사회적 조건이 저자나 등장인물에게 어떤 변화를 일으키는지 읽듯이 나와 너, 우리의 상황을 여러 시선으로 바라보고, 드러나 있거나 미처 드러나지 않은 현상의 의미를 해석해야 한다. 이런 탐색과 판단의 과정을 위해 노력하는 사람이 바로 '자발적 학습자'다. 우리 한 명 한 명이 자발적 학습자로 거듭날 때, 공정하고 자유로운 방향으로 사회를 이끌 수 있다.

당연한 일이란 건 없다. 매일의 학교생활 속에서, 직장생활 속에서, 가정 내에서 전후 사정과 맥락을 꼼꼼히 읽고, 공정하고 옳은 방향을 향하고 있는가를 확인하며 나아가는 게 습관이 되면 좋겠다. 잘 아는 길도 막히지 않는 길을 찾기 위해 매번 길 알려주는 앱을 확인하듯이 말이다.

신문기사의 진위를 벼리는
새로운 방법

1990년대만 해도 저녁 9시가 되면 거의 모든 가정이 TV를 켰다. 9시 뉴스를 보기 위해서다. 그래서 처음 8시 뉴스가 생겼을 때 많은 사람들이 '뉴스를 어떻게 8시에 할 수 있는가?'에 의문을 가졌고, 대놓고 부정적인 의견을 표출하기도 했다. 지금 생각하면 우스갯소리처럼 들리지만, 우스갯소리로 넘길 수 없는 이유는 미디어가 얼마나 쉽게 대중을 길들이고 당연하지 않은 것을 당연하게 여기도록 만드는 힘이 있는가를 반증하고 있어서다.

얼마 전, 영화 『택시운전사』를 봤다. 며칠이 지나도 계속 머릿속을 맴도는 장면은 주인공 만섭이 간신히 광주를 빠져나와 순천의 한 국숫집에서 국수가 나오기를 기다리는 장면이다. 우여곡절 끝에 광주를 탈출해 딸아이를 만나러 가는 길이라 약간 흥분해 있던 만섭의 눈에 테이블 위의 신문이 들어온다. 1면 헤

지금 이 순간에도 우리나라에서
그리고 세계 곳곳에서 무슨 일이 벌어지고 있는지
정확하게 알 수 없다.
여전히 우리는 미디어가 전해주는
정보에 의존한다.

하지만 끊임없이 진실을 알고자 하는 노력,
진실을 가려내는 합리적 사고,
존엄을 지키고자 하는
사람다움에의 지향을 잃지 않는다면,
'지금, 무슨 일이 벌어지고 있는가?'에 관한
거짓과 진실을 분별하는 힘이 생긴다.

드라인은 그가 광주 한복판에서 실제 목격한 사건과 완전히 반대되는 내용을 다루고 있다. 신문을 읽는 만섭의 얼굴에 온갖 표정이 스쳐간다. 간신히 마음을 다잡고 광주를 빠져나온 판인데, 그리고 딸 혼자 있는 서울 집으로 뒤돌아보지 않고 곧장 가야 하는데, 차마 갈 수가 없다. 누구도 그를 막지 않지만, 그는 광주의 현실을 등지고 차마 갈 수가 없다.

만섭은 머리를 쥐어뜯고 오열하며 극도의 불안과 갈등에 휩싸인다. 그 역시 그때가 결정적인 순간이라는 것을 알았을 터이다. 누구에게나 그런 순간이 있다. 자신의 전 존재가 규정지어지는 그런 순간. 그 순간의 선택은 내 삶의 득실과 상관없이 '나'라는 사람이 어떤 사람인가를, 내 온 존재를 결정짓는 결과를 낳는다. 평생 남모를 죄책감을 안고 살아갈지, 아무도 알아주지 않아도 스스로 당당하게 살아갈지가 결정되는 순간 말이다.

우리는 TV, 라디오, 신문을 믿는다. 믿지 않는다면 읽지 않을 것이다. 그런데 모든 미디어에서 전하는 소식이 거짓이라면, 아주 교묘하게 지어낸 거짓이라면 어떨까? 그렇다면, 지금 우리가 살고 있는 이곳에서 무슨 일이 벌어지고 있는가를 알 수 있는 방법이 있을까? 우연한 계기로 만섭처럼 우리가 믿는 모든 것이 거짓임을 목격했을 때 우리는 과연 어떤 선택을 할 수 있을까?

광주의 한 기념관에는 1980년 5월 당시 신문의 1면이 전시되어 있다. 신문은 무장을 한 채 트럭에 타고 있는 대학생들의 사진을 1면 사진으로 크게 넣고는 "20만 명이 데모를 벌인 광주에서 데모 군중들이 계엄군이 사용하던 장갑차와 군 트럭에 올라타고 시내를 돌아다니고 있다"라는 짤막한 설명을 곁들였다. 그리고 상세 기사에서는 다음과 같이 보도한다.

> "서울의 계엄사령부 대변인은 무장군인들이 데모 군중에 총을 쏘지 말라는 명령이 사전에 전달되어 있었다고 밝혔다. 전화가 끊기고 통신이 두절된 21일 아침 광주 주요 거리에는 10여 구의 시체가 길에 뒹굴고 있었으며, 다섯 명의 학생들이 M16과 M1을 소지하고 있었다고 한 목격자가 말했다."

위의 기사문만 보면 희생된 사람들이 누구에 의해 그런 비극을 맞은 것인지 모호하게 서술되어 있다. 거짓을 전했다고 할 수는 없지만, 거짓에 가까운 추측을 유도함으로써 진실을 가렸다. 사실은 이렇게 거짓과 진실 사이 어딘가에서 부유한다. 심지어 대놓고 학생들을 무장공비라고 보도한 신문도 있었다.

결국, 만섭은 택시를 다시 광주로 돌린다. 그 장면에서 영화 『밀정』의 대사가 떠올랐다.

> "실패해도 계속해야 합니다. 쌓인 실패를 딛고, 그 위에서 다시 시작해야 합니다."

만섭이 광주로 돌아간다고 해서 그 사태가 진정되거나 멈춰지는 것은 아니다. 그럼에도 돌아갈 수밖에 없다고 결심한다. 돌아가지 않고서는 당당하게 딸의 얼굴을 볼 수 없다는 것이 이유다. '나 하나'부터 정의를 지키고 실행해야 그 정의가 쌓이고 쌓여 힘이 된다는 사실을 만섭은 알고 있다.

이제 한 가지 질문이 남는다. '우리는 지금 여기의 진실을 어떻게 파악할 수 있는가?' 전국 곳곳에서 벌어지는 모든 일의 진실을 알기 위해 그 모든 곳에 우리 자신이 목격자로 존재하는 것은 불가능하다. 그렇다면 질문을 바꾸자. '진실을 알기 위해 지금, 이곳에서 어떤 노력과 실행을 해야 하는가?'

'어떻게 진실을 파악할 수 있는가?'라는 물음은 개인의 결단과 선택에 초점이 맞춰지지만, '진실을 알기 위해 어떤 실행과 노력을 해야 하는가?'라는 물음은 진실을 알고자 하는 '우리'의 연대를 형성시킨다. '내'가 아닌 '우리'가 되면 전국 방방곡곡에서 목격자로 존재하는 것이 가능해진다. 우리 모두가 눈이 되고, 귀가 되고, 입이 되어 진실을 알리는 것이 가능해진다. TV와 라디오, 신문이 권력의 위협에 굴복하여 거짓을 말해도 '우리'의 말이 미디어를 넘어 입에서 입으로 전해지면 결국 미디어의 거짓을 무너뜨릴 수 있지 않을까? 아니, 적어도 거짓이 진실인 양 온 사회를 휩쓰는 사태만은 막을 수 있지 않을까? 1980년 5월 광주의 봄을 '빨갱이들의 폭동'에서 군부독재에 맞서는 '민주화 운동'

으로 바로 잡을 수 있었던 것도 그날의 '우리'가 보고, 듣고, 말한 것들이 세대를 넘어 진실에 가 닿았기에 가능했다.

'나'와 '나의 가족', '나'와 '나의 동네', '나'와 '내 친구' 등의 자기중심적 관점과 관심에서 벗어나 '우리'와 '우리 사회', '우리'와 '우리나라', '우리'와 '우리 지구' 등의 확장된 관점과 관심으로 세상을 관찰하고 분석하고 해석하는 읽기를 삶의 일부로 받아들여야 하는 또 다른 이유다.

어떤 선입견도 고정관념도 배제하고 '있는 그대로'를 해석하고 의미 짓고 받아들이는 읽기는 나의 지위나 상황, 내 욕구를 보류하고 개방성을 유지한 상태에서 보고, 듣고, 해석하고 이해하여 진실을 대면하고 인식하는 과정이자 판단이다. 이는 '판단 중지' 상태에서 '드러나 있는' 그대로의 현상을 파악하는 현상학에서의 과정과 같다. 이런 읽기를 통해 한 개인은 삶과 인식의 영역을 무한히 확장하며 자신의 전 생애 동안 사람다움을 실현하며 살아갈 수 있다.

지금 이 순간에도 우리나라에서 그리고 세계 곳곳에서 무슨 일이 벌어지고 있는지 정확하게 알 수 없다. 여전히 우리는 미디어가 전해주는 정보에 의존한다. 태풍의 한가운데에서 태풍을 인식할 수 없듯이 '지금, 여기'라는 역사의 한가운데에서 역사를 인식하기란 쉽지 않다. 하지만 끊임없이 진실을 알고자 하는 노력, 진실을 가려내는 합리적 사고, 존엄을 지키고자 하는 사람다움에의 지향을 잃지 않는다면 '지금, 무슨 일이 벌어지고 있는 가?'에 관한 거짓과 진실을 분별하는 힘이 생긴다.

대중을 무시하고 권력을 형성할 수는 없다. 지금 당장 큰 변화가 오지 않더라도 설사 실패하더라도 그 실패를 딛고 다시 시작하기를 멈추지 않을 때, 대중지성은 한낱 권력을 넘어서서 공정한 힘을 발휘한다.

IV-4_사실과 진실 사이
뉴스의 팩트 전쟁

우연히 채널을 돌리다가 주제나 소재가 비슷한 두 편의 영화
를 편집해서 함께 보고 이야기를 나누는 TV 프로그램을 보게
됐다.(JTBC 예능 프로그램 『방구석 1열』) 봉준호 감독의 『괴물』과 김성
훈 감독의 『터널』에 관한 이야기를 나누는 중이었다. 모두 내가
본 영화라 관심이 갔다. 두 영화는 개인 혹은 가족이 재난을 당
했을 때 그리고 그 재난이 사회적 문제와 맞닿아 있을 때 공권력
은 어떻게 대응하는가, 나아가 우리 사회의 각 분야, 국민들은 어
떤 반응을 보이는가를 사실적으로 그려냈다는 평가를 받았다.

한국에서만 발견되는 기묘한 가족주의부터 약자들끼리 싸
움을 붙이고 정작 책임을 져야 할 권력자 혹은 진짜 가해자들은
빠져나가는 모순적 행태까지 다양한 대화가 오갔는데, 그중 영
화 속에 등장하는 뉴스에 관한 이야기가 기억에 남는다.

거의 모든 뉴스가 재난이 생길 때마다 그 현장의 모습을 보여주고 이슈화하는데 급급하다는 거다. 영화를 볼 때만 해도 지극히 현실의 모습 그대로를 담아냈다고 생각했고, 뉴스를 보도하는 모습이나 TV에 담아내는 영상, 기자의 보도내용까지 실제 그대로를 재현해서 전혀 어색함이 없었는데 그들의 얘기를 듣고 보니 의문이 생겼다. 왜 거의 모든 뉴스가 처참한 재난상황을 어떻게 하면 더 극적으로, 더 생생하게 묘사하는 데 집착할까?

영화 『터널』에서, 터널이 붕괴되면서 산등성이에 있던 송전탑이 도미노처럼 쓰러져 있는 모습을 헬리콥터 영상으로 내보내는 보도 장면이 있다. 그때 기자는 "거대한 송전탑들이 마치 엿가락처럼 휘어져 있다"라는 식의 표현을 한다.

그런데 그 표현이 재난뉴스를 전하는 기자들의 클리셰라고 할 만큼 익숙하고 자연스러워 새삼 놀랐다. 가령, 홍수 때는 제키의 어디까지 물이 차올랐다거나, 자동차의 천장까지 물이 차올랐다거나, 물살이 세서 어린아이는 바로 휩쓸릴 수 있을 정도라는 식으로 표현하고, 교통사고에서는 형체를 알아보기 힘들 정도라는 등의 표현을 쉽게 만날 수 있다. 즉, 처참한 상황은 더 처참하게, 위협적인 상황은 더 위험하게 느끼도록 한다. 현장의 모습을 최대한 사실적으로, 바로 곁에서 당한 것처럼 느끼도록 전달하는 것이 '사실'에 입각해 뉴스를 전달하는 것의 핵심이라고 믿는 듯 보인다. 물론 시청률도 무시할 수 없을 터이다. 시청률이 높아야 광고가 많이 붙고, 광고가 많이 붙어야 방송사를 운영할 수 있는 자금이 생기니까.

TV를 끄고 뉴스 보도에서 중요하게 다루어야 할 것이 무엇인가를 생각해 본다. 우선, 사실 그대로를 보도해야 한다. 얼마 전 방영했던 한 드라마는 권력 간의 암투와 모종의 협상이 난무하는 방송사에서 '팩트'(fact)만을 보도한다는 신념으로 당당하게 맞서는 여성 앵커가 주인공으로 등장해 큰 인기를 끌었다. 그렇다면 '사실'만 보도하면 뉴스는 제 역할을 다한 것일까? 그래서 '사실'을 생생하게 묘사하고 더 극적인 영상을 보여주려고 하는 것일까?

하지만 그러다 보니 뉴스는 뚝뚝 끊어진 사실 묘사 그 이상도 이하도 아닌 소식들의 연속이다. 정치판에서는 누군가가 어처구니없는 발언을 했고, 급기야 주먹다짐까지 일어날 뻔했으며, 사회를 떠들썩하도록 말썽을 부린 한 기업인은 장시간 조사 끝에 귀가했다. 어느 고속도로에서는 누군가의 음주운전으로 형체를 알아볼 수 없는 처참한 교통사고가 나서 몇 명인가가 죽고, 다쳤다. 분위기를 바꿔 연예인 누군가가 기부를 했다는 훈훈한 소식이 나가고, 한국영화의 흥행돌풍 소식이 전해진 후, 요약된 스포츠 소식과 내일의 날씨를 알려준 후 뉴스는 끝난다. 하루 동안 일어난 다양한 사건과 사고 혹은 흥미로운 소식이 줄지어 서서 제 차례를 기다리다가 사실적 묘사와 함께 숨 가쁘게 소개

되고 곧장 무대 뒤로 물러선다. 다음 소식이 기다리고 있어서다.

사실을 있는 그대로 기술하고 있지만 현상에 관한 지각이나 인식을 위한 고민, 사유는 없다. 우리 사회가 직면하고 있는 사건에 관한 '날카로운 사유'가 없다. 있는 그대로의 사실이나 현상은 다양한 관점과 다층적으로 존재하는 의미를 파헤치기 위한 '판단중지'와 같은 역할을 한다. 그래서 '사실'(fact)이 필요하다. 말하자면 '사실'은 '현실에 관한 깊은 존중'과 함께 '순전한 현상'을 드러냄으로써 '의미화'로 나아가기 위한 발판이다. 그런데 지금 대부분의 뉴스는 이 발판만 끝없이 보여주고 사유와 의미화는 찾아보기 힘들다. 사실은 진실과 거짓 그 사이 어딘가를 부유한다. 고민이나 사유가 없는 사실은 얼마든지 왜곡되고 변질될 수 있다. 그럼에도 우리는 이미 사실과 현상을 줄 세워 보도하는 일을 뉴스-미디어의 역할로 받아들인다. 뉴스가 현상의 나열 그 이상도 이하도 아닌 것으로 규정된 지 오래다.

다행히 최근 현상을 다양한 관점에서 다층적으로 해석하려는 시도가 케이블 채널에서 발견된다. "(뉴스에서 전하는 사실 혹은 있는 그대로의 현상에 대한) 기술들은 객관적 사고보다 더 철저하고 근본적인 사고와 이해를 정의할 수 있는 기회가 되어야"(메를로 퐁티 『지각의 현상학』 중에서) 함을 뉴스를 전달하는 미디어가 인식하고 실행하려 한다. 이런 움직임이 반갑다.

IV-5_주체성과 타자성
4차 산업혁명 시대, 누가 주인공인가?

"최근 미국 메사추세츠 공대 연구팀은 반사회적 인격장애 성향의 인공지능 '노먼'을 개발했습니다. … 그림을 보여주고 심리를 살피는 실험입니다. 보통 AI는 작은 새라고 대답했지만, 노먼은 '인간이 반죽 기계에 빨려 들어가는 모습'이라고 반응했습니다. 다른 그림도 사람이 총에 맞아 죽은 모습이라고 부정적인 답변을 했습니다. 노먼은 알파고처럼 개발했지만 학습한 것은 사고, 살인 같은 반사회적 데이터였습니다. 연구팀은 인공지능에 나쁜 내용을 주입하면 나쁜 인공지능이 나온다는 걸 보여주고 싶었다고 설명했습니다."

지난 6월 22일 SBS 8시 뉴스에서 보도되었던 내용이다. 마지막 보도는 다음과 같은 문구로 맺는다.

"인공지능이 반윤리적 행동을 하지 않도록 하는 윤리지침이 절실하다는 경고입니다."

이 뉴스를 접하고 의아했다. 미국 메사추세츠 공대 연구팀의 인터뷰 중에 "인공지능에 나쁜 내용을 주입하면 나쁜 인공지능이 나온다는 걸 보여주고 싶었다"라는 말도 어떻게 받아들여야 할지 난감했다. 이것을 과학적 실증주의로 봐야 할까? 그럼 마지막 문구는 어떻게 받아들여야 할까? 인공지능이 반윤리적 행위를 하지 않도록 인공지능을 단속하는 게 우선이라는 내용 말이다.

윤리적인 판단을 해야 할 주체가 누구인가를 미묘하게 뒤집어놓고 모든 책임을 인공지능에게 미루어버리는 듯한 저 말을 어떻게 받아들여야 할까? 윤리지침을 정작 누구에게 내려야 하는가에 관한 진지한 사유를 막는 뉴스의 모호함을 사람들은 어떻게 받아들였을까?

언젠가 로봇학자 데니스 홍이 우리나라에서 한 강연이 떠올랐다. 앞으로 인공지능 로봇으로 인해 펼쳐질 상상 이상의 미래에 관한 강연이 끝나고 한 청년이 질문을 했다.

"교수님은 앞으로의 미래가 인공지능 로봇으로 인해 완전히 변화될 것이라는 전망을 해주셨는데요, 그렇다면 인공지능 로봇이 인류의 지능을 넘어서서 인류를 위협하게 되는 미래도 가능한가요? 그랬을 때 사람은 어떻게 인공지능 로봇에 대응해야 할까요?"

질문은 꽤 적절했다. 나 역시 강연을 듣고 '인공지능 로봇이 일으킬 미래의 변화가 과연 긍정적이기만 할까?'를 염려했던 터였다. 이제껏 보아온 온갖 SF영화의 사람과 로봇의 결투 장면이 머릿속에서 휙휙 넘어가면서, 그 장면 속의 사람이 한없이 나약하고 보잘 것 없는 존재로 전락했던 게 구체적으로 떠오르기까지 했다. 그런데 데니스 홍 교수는 천연덕스럽게 웃으며 답했다.

"자, 여러분 인공지능 로봇은 어떻게 탄생하죠? 사람이 만들죠? 그렇다면 선한 로봇과 악한 로봇은 어떻게 만들어질까요? 선한 의도를 가진 사람이 만들면 선한 로봇이 되고 악한 의도를 가진 사람이 만들면 악한 로봇이 됩니다. 로봇이 인류에게 어떤 위협을 가할까를 생각하기 전에 로봇을 만드는 사람의 도덕적, 윤리적 가치관을 올바르게 세우는 게 먼저입니다."

그런데 결국 인류는, 악한 의도는 아닐지 모르지만 악한 인공지능 로봇을 만들어내는 데 성공했다. 이제라도 인류가 해야 할 일은 "인공지능이 반윤리적 행동을 하지 않도록" 단속하는 게 아니라, 인공지능을 만드는 우리 사람이 윤리적이고 도덕적인 판단과 실행을 할 수 있도록, 전 세계적으로 공통된 윤리지침을 만들든, 학자적 양심에 호소를 하든, 무슨 방법을 써서든 악을 학습하는 반윤리적 인공지능 로봇을 만들지 않도록 방안을 마련해야 하지 않을까?

4차 산업혁명이 우리 사회의 키워드로 부상하면서 코딩교육, 빅데이터, 사라질 직업과 지속될 직업 등이 실시간 검색어에 랭크된다. 기술적인 대비를 할 필요는 분명 있다. 다만, 기술적인 대비가 먼저고 전부라고 여긴다면 위험하다. 이 또한 우리가 세상을 향한 읽기를 끊임없이 시도하는 이유다. 무엇보다 이 시대를 짊어질 과학자들에게 "고도의 지적 예민성과 자기비판의 수련"(카렌 암스트롱 『신의 역사』 2권 중에서)이 필요하다.

나아가 "고도의 지적 예민성과 자기비판의 수련"은 지금, 이곳에서 벌어지는 사소해 보이는 다양한 변화를 면밀히 살펴 읽고 그것이 결국 어떤 변화를 일으키고 의미를 빚어낼 것인가를 상상하고 해석해야 하는 우리에게도 중요한 과제다. 기술의 발달은 합리적이고 공정한 사유를 기반으로 할 때만 인류의 성장과 발전을 가져온다. 결국, 우리 모두의 판단이고 책임이며, 그로 인해 일어나는 변화다. 4차 산업혁명의 주체는 누구고 타자는 누구인가를 구별하는 일이 이 사유의 시작이 될 것이다.

IV-6_연대와 공동체
지금 여기, 역사의 한가운데에서

17세기 유럽을 온통 뒤흔든 대사건은 단연 30년 전쟁이다. 그러나 버트런드 러셀은 오늘날 이 시대의 최대 사건은 갈릴레이의 발견이라고 말한다. 그 시대를 사는 사람들에게는 전쟁으로 죽느냐, 사느냐 하는 상황 속에서 태양이 지구를 돌든, 지구가 태양을 돌든 무슨 상관이었으랴! 그러나 오늘을 사는 우리들에게는 17세기에 벌어졌던 먼 과거의 전쟁보다 지구가 태양 주위를 돌고 있다는 과학적 사실이 더 중요하다는 뜻이다. 이처럼 역사적 사실은 어느 시대에 누구의 시선으로 바라보는가에 따라 해석은 물론 객관적 중요성까지 판이하게 달라진다. 그래서 러셀은 "쾌락으로서의 역사"를 말한다. 한마디로 그 어느 드라마보다 극적인 '반전'이 일어나는 것이 바로 '역사'라는 말이다. 러셀은 "역사 읽기야말로 우리가 고달픈 일상 속에서 잠깐씩 누리는 여가시간을 즐겁고 보람차게 보낼 수 있게 해주는 수단"이라고 말한다.

그러나 오늘날 학교에서의 역사교육은 어떻게 이루어지고 있는가? 40대가 된 나의 학창시절과 지금 중학교 2학년인 아이가 배우는 교육은 크게 다르지 않다. 인명, 지명, 사건, 연도를 줄줄 외워야 역사시험에서 좋은 점수를 받는다. 그래서 역사는 암기과목에 속한다.

마크 페로의 『새로운 세계사』(범우사, 1994년)는 '전 세계 아이들에게 역사를 어떻게 가르치고(이야기하고) 있는가'를 원제로 하는 책으로 "세계 각국의 역사교육의 현상을 소개"한다. 특히, 지금까지 우리가 배워온 서양 중심의 역사가 아닌 남아프리카 공화국, 인도, 이슬람 국가, 아르메니아 등 세계 역사에서 미미한 비중을 차지하던 국가들을 대거 등장시킨다. 이 책의 가장 큰 중요성은 역사교과서의 서술방식에 따라 어떻게 아이들의 역사관, 나아가 정체성이 변모하는가를 말해준다는 점이다. 역사의 서술방식은 원칙적으로 사실만을 말해야 한다. 그러나 서술의 길이나 공감의 정도, 나아가 주체를 누구로 하여 서술하는가 등의 문제는 역사관을 180도 바꾸어 놓을 수 있는 결정적인 수단이 된다.

이런 미묘한 차이가 어마어마한 반전을 일으킨다. 어째서 우리는 우리의 역사를 말하면서도 끊임없이 서구 유럽의 발전을 의식해야 하는가? 왜 우리는 서구식 근대화를 스스로 이루어내지 못한 데 대해 자책감에 시달려야 하는가? 그리하여 우리나라를 식민지로 만들어 근대화시킨 일본에게 고마워해야 한다는 사고를 지닌 사람들마저 존재하는, 정체성을 알 수 없는 세대를 낳았는가?

그런데 이런 현상은 우리나라와 같은 비유럽 세계의 국가에서 공통적으로 일어난다. 그래서 마크 페로는 서문에 이렇게 남겼다.

> "속지 않도록 하자. 우리가 다른 국민이나 자기 자신에 대해 품는 이미지는 어렸을 때 들은 '역사'와 연관되어 있다. 그 이미지는 평생 지워지지 않는다. 이런 각인이야말로 인식하고 재발견하지 않으면 안 된다. 역사는 어느 사회의 주체성을 알게 해주는 동시에 시간을 관통하여 이 사회를 규정하고 있는 것이 무엇인지를 알게 해준다. 문제가 되는 것은 '세계사'에 대한 전통적인 사고방식의 재검토다."

에드워드 핼릿 카의 『역사란 무엇인가』를 처음 읽었던 20대가 떠오른다. 이제껏 내가 배우고 알던 역사는 사실이긴 했으나 온전히 사실만은 아닌 듯한 생각으로 속은 느낌마저 들었다. '무엇을 중요한 역사적 사실로 선택해야 하는가'부터 그 '역사적 사건을 어떤 시선으로 보고 해석하는가'까지 그저, 단순히 있는 그대로를 서술하는 것을 역사라고 믿어온 내게, 그리하여 연도와 인명과 지명을 외우고 무슨 일이 있었는지만 알면 역사를 아는 것이라고 여겼던 내게 역사는 전혀 다른 얼굴을 하고 다가왔다. 후에 교과서의 관점과는 다르게 쓰인 역사서를 읽었을 때에는 관점과 서술방식에 따라 역사적 사실이 어떻게 은폐되며 개별 존재를 넘어 한 국가의 국민 전체를 얼마나 기만할 수 있는가를 아프게 깨달았다.

"우리가 읽고 있는 역사는 분명히 그 사실을 바탕으로 하고 있다. 그러나 엄밀히 말하면 그것은 결코 사실이 아니라 광범위하게 인정되고 있는 일련의 판단이다"라고 카는 바라클러프 교수의 말을 인용한다. 우리가 객관적인 역사라고 배웠던 사실이 실상 우리를 조종하고자 하는 의도를 지닌 권력자들의 판단임을 인식할 때, 우리는 러셀과 함께 역사를 흥미진진한 반전의 드라마이자 이면을 파헤치는 새로운 콘텐츠로 받아들일 수 있다.

2016년 11월 촛불집회에 가 보았다. 다른 편에서는 데모라면 치를 떠는 50~60대가 태극기를 들고 서울 시내 한복판에 나섰다. 광화문 거리는 탄핵을 외치는 한편의 무리와 탄핵을 반대하는 다른 편의 무리로 가득 찼고, 그 행렬은 시청역까지 빽빽이 이어졌다. 저마다의 입장과 주장으로 그 거리에 모였을 터이다. 그 광화문 거리 한복판에서 '지금, 여기' 내가, 그리고 우리가 서 있는 곳이 바로 역사의 한가운데임을 느꼈다. 역사는 어느 먼 곳의 이야기가 아니다. '지금, 여기', 우리의 일상이 곧 역사가 된다.

마르크스는 프랑스에 머물면서 시시각각 변화하는 프랑스 사회를 정밀하게 관찰하고 다양한 입장을 고려하며 글로 남겼고, 그것이 곧 『프랑스혁명사』가 되었다. 그렇게 무언가를 쓰는 일까지 하지 못하더라도 우리가 사는 '오늘'이 역사라는 전체의 흐름에서 어디쯤인가를 짚으며 살 필요는 있지 않을까? 나의 시선뿐 아니라 여러 계층의 시선으로 바뀐 제도를 들여다보고 정세를 읽어보고 다차원적으로 해석하는 일이 이 사회에 어떤 영향을 미칠까 싶지만, 그런 역사적 시선으로 일상을 살아갈 때 더욱 중요한 것이 무엇인지, 더 강하게 지켜내야 할 것이 무엇인지를 분별할 수 있다. 나아가 러셀의 말대로 하루하루를 "즐겁고 보람차게" 보낼 수 있다. 무엇이 중요한지를 알고자 탐구하고 면밀히 읽어내는 사람은 일상의 쳇바퀴에서 빠져나와 삶의 의미를 건져 올릴 수 있다.

탄핵 이후 남과 북의 정상회담이 있었고, 연이어 북한과 미국의 정상회담까지 숨 가쁘게 이어졌다. 그리고 전(前) 대통령과 그 전(前) 대통령의 비리 수사도 계속되고 있다. 한일 위안부 문제는 여전히 정리되지 않은 채 최근 김복득 할머니가 돌아가셨다. 중고등학교 학생들은 기말고사 기간이라 긴장 속에서 시험공부를 하고 시험을 본다. 이렇게 일상은 개인과 사회라는 두 차원을 넘나들며 지속적으로 이어진다.

그 와중에 나는 어떤 뉴스보다 아이의 시험점수에 천국과 지옥을 오간다. '이렇게 멀리 보지 못하고 지금 당장 시험점수에 집착하는 건 한낱 자유시장의 경쟁 이데올로기에 물든 존재이기 때문인가' 혼잣말을 해본다. 그러다 마음을 다잡고 다시 면밀히 살피고 읽는다. 이 삶에서 더 영속적이고 중요한 것이 무엇인가를.

자유시장주의 이념을 대표하는 마거릿 대처가 "사회 공동체 같은 것은 없다. 오직 개인만이 있을 뿐이다"라고 한 데 대해 "인간은 사회라는 울타리 없이 고립된 이기적 존재로 살아온 적이 없다"고 단언한 장하준 교수의 말을 되뇌어 본다.(한겨레 프리즘, 고명섭의 '자유시장 이데올로기의 조종'(2010. 11. 23)에서 참조. 언급된 장하준 교수의 책은 『그들이 말하지 않는 23가지』) 그가 말한 '공동체 가치'가 무엇인가를 마음에 새겨본다. 사회가 정한 단 하나의 기준으로 한 존재가 평가되고, 그의 미래가 결정되는 폐쇄적인 사회가 지속되지 않도록 더 영속적이고 더 중요한 가치를 향하는 삶이 무엇인가를 읽어내는 노력을 멈추지 않도록 마음을 다잡는다.

IV-7_존엄성의 보장
개인의 문제가 아닌 것들

　성대모사로 유명한 두 DJ가 진행하는 라디오 프로그램을 듣는데, 전(前) 대통령과 관련된 사람을 사이비 교주로 소개하며 대한민국이 사이비 교주와 그 딸에게 40년을 조종당하고 있었던 것과 다름없었다며 한탄한다. 한탄으로 그치기에는 실로 어처구니없는 일이라고 생각하며 듣다가 문득, 영화 『부산행』으로 흥행돌풍을 일으킨 연상호 감독의 전작 『사이비』라는 애니메이션 영화가 떠올랐다.

　영화는 사이비 종교가 성립되기 위한 요소들을 공식처럼 갖췄다. 수몰예정지역으로 지정된 마을이 영화의 배경이다. 갈 곳을 잃은 사람들, 세상에서 버려지고 소외된 처참한 삶의 한가운데 놓인 이들에게 사기전과범 최경석이 교회 장로가 되어 나타난다. 최경석은 세상이 버린 마을에 교회를 세우고, 역시 갈 곳

없는 성철우를 목사로 세운다. 그리고 힘껏 외친다.

"여러분은 구원받을 수 있습니다! 지금 힘든 것은 하나님이 여러 분께 더 큰 행복을 선사하기 위함입니다! 하나님께 의지하십시오. 천국의 자리를 맡으십시오!"

영화는 인간 존재가 지니는 구원에 대한 갈망과 현세에서 얻지 못한 행복을 내세에서라도 얻고자 하는 간절함을 가감 없이 그려냈다. 가장 기억에 남는 것은 주정뱅이 도박꾼 아버지에게 대학등록금을 빼앗기고, 사이비 종교를 기획한 사기전과범에게 철저하게 농락당한 후 노래방 도우미로 주저앉게 된 김영선의 말이다. 주정뱅이 놀음꾼도 아버지라고, 노래방에 있던 딸의 머리채를 잡고 집 창고에 가두면서 그 장로는 사기꾼이라고 윽박지르는데, 느닷없이 그녀가 입을 연다.

"제가 사랑받기 위해 태어난 사람이래요. 제가 힘들게 돈 벌고, 공부했던 게 모두 저 위에 계신 그분이 저를 사랑하셔서, 제게 뜻하신 바가 있어서 그런 거래요. 늘 저를 돌봐주신댔어요. 그런데, 그 말들이 다 거짓이라면, 저는 뭐죠? 저는 왜 태어난 거죠?"

어려운 환경이지만 공부도 잘 했고, 성실하고 꿋꿋하게 살아온 캐릭터여서 그녀의 말은 더 충격으로 다가온다. 나는 그녀가 최경석의 사기행각을 이미 눈치 챘을 것이라 예상했다. 대학에 다시 갈 수 있게 해주겠다는 약속을 지키기는커녕 그녀를 노래방 도우미로 전락시켰으니 말이다. 그런데 그녀는 그 모진 대우를 받으면서도 최경석이 세운 교회와 그의 말을 철석같이 믿는다.

이 지점부터 영화가 전달하는 메시지가 달리 보였다. 충족되지 않는 현재의 삶에 합리적으로 대응하지 못한 채 분별없이 감정적으로 대응하는 사람들이 사이비 종교에 빠져든다고 생각했다. 그러나 영선의 마지막 말을 듣는 순간, 다른 질문이 올라왔다. '저들이 믿고 싶은 것은 도대체 무엇이었을까?' 영선의 말에 답이 있다. 그들은 하나님이나 종교가 필요했던 게 아니다. 그들이 진짜 믿고 싶었던 것은 그들 자신이 존중받을 자격과 권리가 있는 존엄한 존재라는 타인과 사회의 인정이다. 그들은 어떤 조건도 의지도 노력도 전제되지 않은 상태에서 그저 존재 자체로 존엄하다는 말을 다른 누군가로부터 듣고자 했으며, 그런 인정을 해주는 타인을 무조건 믿을 수밖에 없었던 거다.

사회학자 오찬호는 한 TV 프로그램의 버스킹 강연에서 이렇게 말했다.

"좋은 사회라는 것은 대단한 결심이 없이 평범하게 살아도 인간

이쯤 되면 어디까지가 개인의 문제이고
어디까지가 사회의 문제인지 경계가 모호해진다.
기울어진 운동장에서 똑바로 서 있을 수 있는
사람이 없듯이 병든 사회 속에서
살아가는 사람들이 건강할 리 없다.

사르트르가 왜 '앙가주망'을 주장했는지,
러셀이 어째서 수학자에서 사회운동가로 변모했는지,
레비나스가 어떤 의미로 '타인에 관한 의무'를 논했는지,
개인과 사회, 권력과 민중 사이에서
줄타기를 할 수밖에 없는 사회구조를
직시한다면 자연스럽게 이해될 문제다.

으로서의 존엄성이 보장되는 사회예요. … 인간으로서의 존엄성이요! 일주일 동안 40시간 일을 하면 가족을 꾸릴 수 있는 급여를 받고, 내가 여가활동을 할 수 있는 급여를 받는 거죠. 그런데 그 평범한 삶을 살기 위해 대단한 의지와 열정, 노력과 피로를 필요로 하는 사회는 굉장히 퇴행할 수밖에 없습니다. 지금 한국 사회는 어떻습니까? 죽도록 노력해서 평범해지는 거죠. 죽도록 노력해서 중산층이 되는 게 유일한 꿈인 사회입니다!"

영화 『사이비』에서 평범한 대학생으로 살고 싶었던 영선은 죽도록 노력했지만, 평범해지는 기회조차 얻지 못했다. 도대체 자신이 존엄성을 지닌 존재인지조차 믿을 수 없었다. 그것을 간절하게 믿고 싶었기에 죽는 순간까지 사기전과범의 말을 맹목적으로 믿었다. 사기전과범임을 인정하는 순간, 자신이 존엄한 존재라는 믿음도 사라지는 것이니 목숨을 걸고 믿을 수밖에 없다.

이쯤 되면 어디까지가 개인의 문제이고 어디까지가 사회의 문제인지 경계가 모호해진다. 기울어진 운동장에서 똑바로 서 있을 수 있는 사람이 없듯이 병든 사회 속에 살아가는 사람들이 건강할 리 없다.

최근 몇 년 사이 눈에 띄게 늘어난 상담치료와 관련된 TV 프로그램들을 보면서 이런 현상이 바로 오늘날 병든 사회를 반증하는 게 아닐까 하는 생각을 한 적이 있다.

그러나 미디어가 앞장서서 다수의 개인에게 상담을 권장하는 건 짚어봐야 할 문제다. 상담치료의 치명적인 결함은 모든 것을 개인의 문제로 만들어버리는 데 있다. 대부분의 상담치료는 내 생각과 행동의 방식을 바꾸는 것으로 문제를 해결하고자 한다. 많은 개인이 이렇게 스스로를 치유하고 삶을 개선한다. 하지만 개인이 지닌 문제 중에는 개인의 차원으로는 해결할 수 없는 것도 있다. 사회적 차원에서 함께 해결해야만 할 문제들까지 개인에게 짐을 지워서는 안 된다.

시야를 '내'가 아닌 '사회 전체'로 넓혀 나갈 필요가 있다. 나에 대한 탐구 못지않게 이 사회에 대한 탐구도 병행되어야 한다. 부분과 전체를 통합적으로 살피고 읽어야 한다. 개인의 위치와 현실을 살피는 동시에 개인이 몸담고 있는 사회의 성격과 구조를 함께 읽어야 한다. 얽히고설킨 다양한 층위의 관계도를 살핀다는 건 쉽지 않다. 그러나 계속 시도하고 도전할 필요가 있다. 읽기는 진실을 알기 위한 의지이며, 그리하여 스스로 존엄해지기 위해 참여하고 실천하는 최선의 행위이기 때문이다.

영화 『사이비』에 등장하는 영선이가 현실의 고된 삶을 개인의 문제로 국한시켜 절망하기보다는 더 넓은 시야로 세상을 바라보고 참여하고 실천할 수 있는 방법을 선택할 수 있었다면 어땠을까, 질문해본다. 무언가를 보고, 한 걸음 떨어져 그 현상을 읽어낸다는 것 자체가 쉬운 일인가? 더구나 하루하루 먹고 살기도 바쁘고 고된 상황이라면 더더욱 힘들지 않겠는가? 그렇다. 그러나 그럼에도 우리는 서로 연대하여 현상의 의미를 찾아내는 일을 계속해야 한다. 개인이 사회 읽기를 멈추는 순간, 균형은 깨진다. 이는 개인과 사회, 권력과 민중 사이에서 줄타기를 할 수밖에 없는 사회구조를 직시한다면 자연스럽게 이해될 문제다.

사르트르가 왜 '앙가주망'을 주장했는지, 러셀이 어째서 수학자에서 사회운동가로 변모했는지, 레비나스가 어떤 의미로 '타인에 관한 의무'를 논했는지, 역사 속 지식인들이 사회를 향해 어떤 선택과 사유를 해왔는지 더듬어보는 것도 자칫 고단하게 여겨질 수 있는 읽기생활에 좋은 동지를 만들어나가는 방법이다.

V-1_공간의 탄생
멋진 집을 향한 열망

벌써 오래전 이야기다. 이사를 가기 위해 한 아파트 단지 안에서 여러 집을 보러 다닐 때였다. 구조가 같은 집을 반복해서 보았는데, 서너 집쯤 보고 난 후부터 보이지 않던 것들이 보이기 시작했다. 오래된 아파트라 리모델링이 어느 정도 되었는가가 가격을 좌우하는 결정적 요인이었는데, 처음엔 전체 리모델링이 된 집만 골라가며 보았다. 창틀부터 화장실, 실내 인테리어까지 최신의 것으로 교체한 집들이 대부분이었는데 정작 생각지도 않은 이유로 집을 보는 시선이 달라졌다. 집을 내놓은 사람들의 태도가 천차만별이었던 거다.

부동산에서 집을 보러 온다는 것을 알면서도 아침에 일어난 후 전혀 집 정리를 하지 않은 듯 거실 한가운데 이불이며 옷가지들이 늘어져 있는 집이 있는가 하면, 거실의 3분의 2 이상이 장식장, 가정용 수족관, 콘솔, 소파로 가득 차서 오가기도 힘든 집도 있었다. 좁은 평형이 아니었음에도 대부분의 집이 화려한 가구와 옷가지, 장식품들에 치여 정돈된 느낌을 받을 수 없었다. 그러니 전체 리모델링을 했다고는 하지만 전혀 눈에 들지 않았다. 결정적으로 타인의 방문에도 아랑곳하지 않고 단정치 못한 집을 그대로 방치한 채 개방한다는 게 의아했다.

적당한 집을 찾지 못하고 며칠이 지난 어느 날, 부동산에서 온 전화를 받고 다른 집을 보러 가게 되었다. 집을 보러 가기 전, 부동산 사장은 조심스럽게 말을 꺼냈다.

"이번 집은 전혀 리모델링이 된 집이 아니에요. 그런데 집 상태가 하도 좋아서 한번 보여드리려는 겁니다. 집이 정말 깨끗해요."

아무튼 한번 보기나 하자는 마음으로 내놓은 집을 찾아갔다. 부동산 사장의 말대로 화장실과 싱크대, 신발장 등을 제외하면 아파트가 지어진 처음 그대로의 모습이었다. 현관의 중문과 방문 모두 지금은 보기 어려운 고동색 나무재질이었고, 베란다도 확장된 곳 없이 그대로인데다 창틀마저 내가 어린 시절에 보던 것이었다. 그런데 신기한 것은 그 오래된 자재들이 전혀 지저분해 보이지 않았다는 거다. 거실은 소파와 탁자, 벽걸이 TV뿐이라 단조로운 듯 보였지만 부족함이 없었고, 방들은 저마다

'공간은 어떻게 사람을
변화시키는가?'가 아니라
'사람은 공간을 어떻게
창조하는가?'라고 질문을
바꿔야 했다.

존재가 있고 없음으로 공간은
같은 곳인가 싶게 반짝이기도,
빛을 잃기도 하며 존재에 따라
시간은 촘촘한 밀도로도,
혹은 성글게
무의미한 채로도 지나간다.

이렇게 사람은 삶을
예술로도 시궁창으로도
만들 수 있는 존재다.

그 방의 쓰임새에 필요한 가구만 놓여 있어 숨통이 트이는 기분이었다. 필요한 것들은 다 있으면서 과한 것이 없었으며 모든 것이 정돈되어 있었다. 방문과 중문의 오래된 고동빛은 그 속에서 중후함을 뽐내며 은근한 광택마저 머금었다. 문득, 어릴 때 좋아하던 이어령의 수필 '삶의 광택'이 떠올랐다.

> "옛날 사람들은 무엇이든 손으로 문지르고 닦아서 광택을 나게 하는 버릇을 가지고 있었다. 청동화로나 놋그릇들은 그렇게 닦아서 길을 들였다. 마룻바닥을, 장롱을, 그리고 솥을 그들은 정성스럽게 문질러 윤택이 흐르게 했던 것이다. 거기에는 오랜 참을성으로 얻어진 이상한 만족감과 희열이란 것이 있다.
> … 우리도 이 생활에서 그런 빛을 끄집어낼 수는 없는 것일까? 화공약품으로는 도저히 그 영혼의 광택을 끄집어낼 수는 없을 것이다. 투박한 나무에서, 거친 쇠에서 그 내면의 빛을 솟아나게 하는 자는, 종교와 예술의 희열이 무엇인가를 아는 사람이다."

그 순간이다. 이전까지는 생각지 못한 무엇에 눈을 뜨는 기분이 들었다. 내가 생각하던 쾌적하고 아름다운 공간의 개념이 뒤바뀐 순간으로 지금도 기억한다. 전에는 새집이 아닌 이상 최신 인테리어 자재로 리모델링은 기본이고, 평형은 적어도 얼마 이상이어야 한다는 물리적 기준이 강했다. 그런데 여러 집을 방문하면서 외적 조건보다 그 공간에서 숨 쉬고 사는 사람들의 삶을 대하는 태도가 중요하다는 것을 깨달았다.

어차피 아파트라는 공간은 구조가 비슷하다. 자재를 새것으로 바꾸면 훨씬 깨끗하고 쾌적한 공간이 될 것이라 기대했지만, 그렇지 않았다. 공간을 아름답게 하는 가장 큰 요소는 머무는 사람이 그 공간에 대해 얼마만큼의 애정을 갖고 공간을 살피고 가꾸는가에 있었다. 구석구석 정성스런 손길이 닿은 집과 그렇지 않은 집은 최신 자재의 교체 유무와 상관없이 공간이 뿜어내는 정갈함과 단정함에서 큰 차이가 있었다. 나아가 집에 사는 사람이 자신이 사는 집을 어떤 방식으로 대하고 있는가에 따라 집의 숨결에도 차이가 있는 듯했다. 아무리 리모델링을 완벽하게 했더라도 답답함과 불쾌감을 느꼈던 집이 있었던 반면, 최소한의 리모델링을 했음에도 맑고 시원함을 느낀 집이 있었다.

결국, 질문을 바꿔야 했다. '공간은 사람을 어떻게 변화시키는가'가 아니라 '사람은 공간을 어떻게 창조하는가'로. 내가 머무는 공간을 한번 휘 둘러보자. 구석구석 정성스런 손길이 닿고 있는지, 내가 그 공간에 머물고 있음으로 해서 공간에 빛과 온기가 감돌고 있는지 가늠해보자. 존재가 있고 없음으로 공간은 같은 곳인가 싶게 반짝이기도, 빛을 잃기도 하며 존재에 따라 시간은 촘촘한 밀도로도, 성글게 무의미한 채로도 지나간다. 이렇게 사람은 삶을 예술로도 시궁창으로도 만들 수 있는 존재다.

V-2_시간의 굴레
그때로 돌아갈 수만 있다면

최근 방영되는 드라마는 과거와 현재, 미래를 자유롭게 오가
는 '타임 슬립'이 대세다. 오랜만에 얼굴을 드러내는 거물급 여배
우의 드라마 역시 타임 슬립이다. 현실이 팍팍할수록 사람들에
게 현실을 뛰어넘는 판타지가 필요한 게 아닌가 싶다.

『어바웃 타임』이라는 미국 영화가 있다. 주인공은 과거로 거
슬러 올라갈 수 있는 유전인자를 타고났다. 아버지는 아들이 성
인이 되었을 때 그런 능력이 있는 집안의 비밀을 알려준다. 더불
어 그 능력을 돈을 버는 일로 사용하면 어떤 불행이 닥치는지 선
조의 사례를 들어 알려준다. 주인공인 아들은 그 능력을 오로지
'사랑'을 얻는 데 사용하기로 한다. 이런 스토리 장치가 이 영화
를 타임 슬립의 진지성에서 벗어나 로맨틱물의 쾌활하고 밝은
분위기로 이끈다.

반면, 우리나라 타임 슬립 명작으로 꼽히는 드라마『나인』의 분위기는 긴급하고 절박하다. 우연히 얻게 된 아홉 개의 향이 타는 한정된 시간 동안만 과거로 다녀올 수 있는 설정 때문이다. 여기에다 과거에 벌어진 치명적 사건을 막음으로써 현재의 삶을 바꾸어 놓아야 한다는 임무가 덧붙여져 보는 내내 긴장을 놓을 수 없다.

『어바웃 타임』이나『나인』은 스토리의 전개나 영상의 분위기는 상반되지만 인간 존재가 도저히 어찌할 수 없는 '시간'이라는 굴레를 마음대로 부릴 수 있다는 점에서 관객은 일차적인 카타르시스를 느낀다.

살면서 누구나 한번쯤 '시간을 돌이켜 다시 그때로 돌아간다면'이라는 가정을 해본다. 이미 지나간 시간을 다시 돌이킬 수 없다는 사실은 삶의 일회성과 선택의 신중함을 의식하게 하며, 후회되는 삶의 선택을 두고두고 통탄하게 만들기도 한다. 그런데 영화나 드라마에서 주인공이 시간을 되돌려 이전과 다른 선택을 했을 때 의도한 결과가 나오는 한편, 예측하지 못한 다른 쪽에서 의도치 않은 결과가 나타나 삶이 뒤바뀌거나 고생을 겪기도 한다. '시간을 마음대로 오갈 수 있는 능력'을 지녔어도 그 삶은 그 삶대로 또 다른 고충이 있다. 그렇다면 시간을 되돌릴 수 있는 능력이 있더라도 사람은 결국 시간의 굴레에서 벗어날 수 없는 걸까?

드니 빌뇌브 감독의 영화 『컨택트』는 한번 지나간 시간은 다시 되돌릴 수 없다는 시간의 굴레에서 사람이 자유로워질 수 있는 단서를 제공한다. 영화의 원제는 『Arrival』인데, 테드 창의 『당신 인생의 이야기』라는 소설집의 동명 단편 소설을 영화화한 작품으로 '언어'와 '시간'을 연관시켜 풀어냈다는 측면에서 강한 인상을 남긴다.

우주에서 온 것으로 여겨지는 미확인 비행물체 12개가 지구 곳곳에서 발견되면서 영화는 시작된다. 언어학자인 주인공은 외계 생명체와의 소통을 위해 긴급하게 호출되고 지구상의 언어와는 확연히 다른 외계언어를 이해하고 의미를 해석하면서 미래를 볼 수 있는 능력이 생긴다. 언어와 시간의 관계가 드러나는 순간이다. 지구상의 모든 언어는 선형적이며 일방향성을 지닌다. 그것은 사람이 시간을 개념 짓는 모양새와 일치한다. 시간은 과거-현재-미래라는 선형이면서 과거에서 미래로 향하는 일방향성이다. 그런데 이 영화에 등장하는 외계어는 원형을 띤다. 끝과 시작을 구분하지 않으며, 끝이 곧 시작일 수 있다. 그러므로 과거와 현재와 미래는 어느 방향으로든 흐를 수 있고 영화에서처럼 미래가 오히려 현재를 결정짓기도 한다.

언어가 존재의 사고방식을 결정짓는 주된 틀이라는 차원에서 언어가 바뀌면 사고의 방식이 달라지고 결국 시간을 인식하는 방법도 바뀐다는 관점이다. 즉, 한 존재가 사고하는 방법을 바꾸게 되면 세상의 시간도 완전히 다르게 바뀔 수 있다는 가능성을 시사한다.

실제로 니콜라스 카는 『생각하지 않는 사람들』에서 활자화된 책을 읽으며 사고하던 사람의 뇌가 웹 페이지와 링크로 연결되는 스크린을 읽으면서 어떤 변화를 겪는가를 분석한다. 그는 "오래된 지적 기능과 활동에 사용되던 회로들은 약해지고 해체되기 시작했다"라고 표현하며 다른 구조의 글을 읽고 사고하는 것만으로도 사람의 뇌가 변화하며, 그에 따라 사고하는 방식도 변화하게 됨을 증명한다. 이처럼 사람이 무엇을 어떻게 보는가는 뇌의 구조를 변화시키며, 동시에 사고하는 방식에 중대한 변화를 일으킨다. 사람이 정한 가치는 사고의 중심을 차지하므로 사람의 사고방식이 변하면 자연히 그 중심도 변하게 마련이다. 절대개념으로 여기던 시간 인식이 바뀐다면, 우리가 세운 수많은 관점이나 가치, 예를 들어 승리와 패배, 가짜와 진짜, 긍정과 부정, 지식, 근면, 노력 등의 개념이나 가치가 바뀌는 건 더 쉽지 않을까?

'마음을 달리 먹으면 세상이 다르게 보인다'라는 말이 있다. 흔히 힘든 상황에 처한 사람들을 위로하는 말이다. 그런데 이 말을 면밀히 되새겨보면, 영화 『컨택트』의 주제와 맞닿는다. '마음을 달리 먹는다는 것'은 이제껏 유지해왔던 관점을 달리한다는 말이며, 이는 사고의 방식을 변경하겠다는 뜻이다. 그리고 사고의 틀을 바꾸면, 모든 것이 바뀐다. 물리적인 세상은 그대로지만 더 이상 어제와 같은 세상이 아니다. 영화에서처럼 미래와 연결되는 신비한 체험까지는 아니더라도 이제껏 자신이 옳다고 여겨 왔던 모든 가치들이 완전히 다른 의미로 낯설게 다가오는 경험을 하게 된다.

『컨택트』의 주인공은 자신의 비극적인 미래를 알면서도 현재에서 그 미래를 담담히 선택한다. 왜 그랬을까? 『컨택트』뿐 아니라 『어바웃 타임』이나 『나인』에서도 주인공은 시간을 내다보고, 시간을 거스를 수 있는 능력이 있음에도 늘 선택의 갈림길 앞에 서게 된다. 이는 살아가면서 맞닥뜨리는 선택의 문제가 결국 시간의 문제와는 별개라는 뜻이다. 즉 시간을 되돌려 각자 후회되는 선택지 앞에 다시 서서 다른 선택을 하더라도 또 다시 어떤 선택 앞에 설 테고, 다시 선택한 삶 속에서 결코 후회 없는 선택을 하리라는 보장이 없다는 얘기다.

그리하여 결국 중요한 건 선택보다는 '스스로 선택한 삶을 얼마나 긍정하며 최선을 다해 주체적으로 책임지는가'이다. 『어바웃 타임』이나 『나인』의 주인공이 시간을 자유롭게 오갈 수 있는 어마어마한 능력을 지니고서도 여전히 일상을 살아가는 우리들처럼 이런저런 온갖 시련을 겪는 것은 바로 이런 이유다. 이제 우리는 『어바웃 타임』의 주인공이 중년의 어느 날부터 왜 자신의 신비로운 능력을 사용하지 않게 되는지 이해할 수 있으며, 『컨택트』의 주인공이 그토록 슬프고 아픈 자신의 미래를 보았음에도 그 삶을 선택했는지 그 이유를 공감할 수 있다.

　시간과 공간 속에 존재하는 주체가 그 순간을 온 마음으로 충분히 받아들일 때, 시간이나 공간은 그저 삶과 함께 녹아든다. 존재는 시간과 공간 속에 있되 그것을 넘어선다. 그리하여 온전히 삶의 전면에 배치되는 것은 의미를 놓지 않는 존재의 아름다움이다. 기쁘거나 슬프거나 혹은 절망하거나 소망하거나 존재는 시간과 공간에 매이지 않는 풍요로운 의미 속에서 살아간다. 사람은 슬픔이나 아픔, 고난과 역경 속에서도 시공간의 굴레에서 벗어나 무한히 빛나는 삶의 의미를 획득할 수 있는 그런 아름다운 존재다.

V-3_종교의 본질
사람은 무엇이 되고자 하는가?

나치의 유대인 대학살에서 살아남은 노벨 평화상 수상자인 엘리 비젤(Elie Weisel)은 죽음의 수용소 첫날 밤, 어머니와 누이가 끌려 들어간 화장터의 굴뚝에서 솟아 나오는 검은 구름을 바라보면서 그 검은 구름 기둥이 자신의 신앙을 영원히 빼앗아 가리라는 것을 직감했다.

어느 날, 게슈타포가 한 유대인 소년을 교수형에 처했다. SS(히틀러의 나치 친위대원)조차도 수천 명의 관중이 보는 앞에서 어린 소년을 어떻게 죽일 수 있는지 이해하지 못했던 비인간적 행위였다. 비젤의 회고에 따르면, 그 소년은 '슬픈 천사'의 눈매에 창백한 얼굴로 아무 말도 없이 침착하게 교수대 위로 올라섰다. 그때, 비젤 뒤에서 누군가가 속삭이듯 물었다. "신은 어디에 있는가?" "신은 어디에 있는가?" 그 소년이 죽는 데에 반시간이 걸렸다. 그

동안 포로들은 그것을 똑바로 바라보도록 강요당했다. 소년이 죽은 뒤, 비젤의 등 뒤에서 같은 사람이 다시 물었다. "신은 지금 어디에 있는가?" 그때 비젤은 자신 안에서 들려오는 대답을 들었다. "신은 어디에 있냐고? 그는 여기 있다. 어린 소년과 함께 저기 죽어 있다."(카렌 암스트롱의 『신의 역사 II』 중에서)

카렌 암스트롱은 방대한 분량의 『신의 역사』를 서술하면서 4,000년 동안 이어져 온 인간의 신을 향한 믿음이 20세기에 어떻게 상실되는가를 엘리 비젤의 이야기를 통해 보여준다. 그녀는 이 책에서 신에 관한 논의는 뒤로하고 믿음을 지닌 인간의 변천사를 보여준다. 이 책을 관통하는 핵심은 신의 개념이 인간의 상황과 필요에 따라 어떻게 변화하는가에 관한 현상의 포착이다. 그러므로 신의 존재 유무나 신앙의 문제를 논하지 않는다.

일찍이 루돌프 오토(Rudolf Otto)는 『성스러움의 의미』에서 사람의 종교적 감정은 칸트가 말한 '이성적'인 것이 아니라 '비이성'(non-rational) 혹은 '초이성'(super-rational)의 영역으로, 종교적 체험 속에 존재하는 깊은 신비로서 절대 타자를 느끼는 데 종교의 본질이 있다고 주장했다. 나아가 이 타자는 '성스러움'으로 대변되는데, 이 '성스러움'을 '두려움에서 오는 신비'와 '매혹에서 오는 신비'로 구체화하여 설명한다. 즉, 위대한 신비인 '성스러움'은 한편으로는 떨리게 하면서 다른 한편으로는 매혹시키는 양

면성을 지니고 있다. 오토는 언어와 논리로 설명이 어려운 초합리적인 종교의 본질을 언어를 통해 객관적으로 설명하고자 하는 데 집중했으며 종교적 감정을 독자적으로 도출하는 데 기여한 종교학자다.

그의 논의를 주의 깊게 살펴보면 그는 '신'에 관한 이야기를 하지 않고 '성스러움', '누미노제' 등과 같은 사람의 감정과 경험을 중심으로 종교의 본질을 설명한다. 사람은 삶을 경험할수록 스스로의 불완전함을 깨닫고 불완전함을 넘어서는 '어떤 것'을 끊임없이 지향한다. 그것이 '종교'라는 한 형식으로 드러나는데, 종교가 지녀야 할 핵심조건은 바로 '성스러움'이라는 것이 루돌프 오토의 요지다. '성스러움'의 인식은 "삶을 고귀하게 하고 그 안에 가치와 의미를 부여하는 '힘'이다. 사람에게 경외감을 느끼는 이 힘이야말로 모든 종교의 기초"다.(루돌프 오토에 대한 반 델 레에우의 해설 참조)

루돌프 오토의 종교현상학을 접한 오래전의 어느 날 강의실에서 나는 눈물이 날 것 같았다. 아마도 한없이 성스러운 것, 그 성스러움을 향한 두려움과 매혹에서 벗어날 수 없는 인간 존재에 대한 무한한 연민으로 인한 눈물이었던 것으로 기억한다. 사람은 어째서 이리도 불완전한가? 사람은 어째서 이리도 나약한가? 그럼에도 어째서 끊임없이 완전해지고 강해지기를 원하는가? 그것은 가 닿을 수 없다는 것을 알면서도 가 닿고자 하는 속절없는 절규와 같다. 무거운 바윗덩어리가 다시 굴러떨어질 것을 알면서도 또다시 바위를 굴리며 산을 오를 수밖에 없는 시시포스의 신화처럼 벗어날 수 없는 삶의 무게로 고스란히 와 닿았다.

이처럼 우리 모두의 내면에는 완전하고 깊고 무한한 의미를 향한 지향이 존재한다. 그리하여 '신은 어디에 있는가?'라는 질문은 '사람은 어떤 존재인가?'라는 질문으로 이어진다. 나아가 엘리아데의 논리대로 '사람은 어떤 존재인가?'라는 질문은 '사람은 무엇이 되고자 하는가?'로 바뀔 수 있다. 종교의 본질이 '성스러움'을 느끼는 사람의 감정에 내재한다는 루돌프 오토의 주장은 이 지점에서 유의미하다. 그것은 인간 내부에 '성스러움'의 지향이 존재함을 증명하는 것이며, 사람만이 '성스러움'의 실재를 인식할 수 있다는 말로 해석된다. 그리하여 '신은 어디에 있는가?'라는 질문은 마침내 '사람은 무엇이 되고자 하는가?'라는 질문과 상통하게 된다.

카렌 암스트롱은 신이 존재한다면 나치의 유대인 학살과 같은 비극적 역사는 일어나지 않았어야 한다고 말한다. 그러나 루돌프 오토의 견해를 끌어들여 신의 본질이 인간존재 안에 내재한다고 가정한다면, 다시 말해 영성(靈性)을 인간존재의 내면에서 찾을 수 있다면 비극적 역사를 막을 수 있는 실질적 존재는 신이 아니라 사람이다.

카렌 암스트롱이 방대한 『신의 역사』를 서술하며 최종적으로 도달하고자 한 곳은 우리가 우리 내부에 영성이 있음을 스스로 깨닫도록 하려는 게 아니었을까? 이 잔인하고 참담한 세상을 구원할 수 있는 길은 사람 안에 내재한 영성임을 알리려는 게 아니었을까? 그렇다면 수천 명이 보는 앞에서 유대인 소년을 처형하는 그 순간, '신은 어디에 있는가?'를 물을 게 아니라 그 참담한 상황 앞에서 '무엇이 사람다움을 지킬 수 있는 길인가?'를 물었어야 했다. 그때 묻지 못했다면, 우리들은 지금이라도 '무엇이 사람다움을 지킬 수 있는 길인가?'를 물으며 오늘을 살아야 한다.

V-4_이야기의 힘
생각과 잡담의 차이

대학에 갓 입학해서 과팅을 하게 됐다. 빠지면 안 된다는 과
대표의 말을 듣고 내키지는 않았지만 참석했다. 누군가 "가장 감
명 깊게 본 영화는 뭐예요?"라고 내게 질문했다. 미처 생각해보
지 않은 질문이라 답을 하지 못했다.

집으로 돌아와 생각해보니 그 질문은 많은 것을 내포한다.
그의 취향과 그의 가치와 그의 관심 그의 스타일 등을 모두 가
늠할 수 있다. 그 후로 어떤 모임에서든 처음 만나는 사람들 사
이에서는 늘 같은 질문이 오갔다.

영화 『필라델피아』는 내 젊은 시절, 그 질문에 늘 정답처럼
위치하는 영화였다. 언제, 어디서, 누구와 처음 봤는지 기억나지
않는다. 인터넷을 검색해보니 1994년에 국내 개봉했다고 하니,
그해 극장에서 본 듯하다. 그 영화의 명장면으로 기억하는, 주인

공이 오페라 음악을 듣는 장면에서 흘러나왔던 곡이 무엇인지도 검색해서 확인할 수 있었다.

조르다노가 작곡한 '안드레아 셰니에'라는 오페라였다. 극중 톰 행크스가 영화 속에서 열정적으로 해설한 오페라 부분은 '어머니는 돌아가시고'(La Mamma morta)였는데, 참혹한 가운데 깨달음을 얻는 내용이다. 영화는 오페라의 스토리와 의미를 주인공 톰 행크스의 상황과 연관지어 길이 남을 명장면을 만들어냈다. 그의 역할에 대한 몰입과 해석은 관객의 마음을 움직이기에 모자람이 없었다. 변호사이면서 동성애자인 남자, 사회가 사람이라고 정의 짓지 않는 그가 얼마나 인간적이고 아름다운 존재인지를 관객에게 뜨겁게 전달했다.

그 후 영화 『헤드윅』을 봤는데, 이 영화는 '간절함'에 대해 생각하게 했다. 누군가에게는 당연하고 자연스럽게 여겨지는 타고난 성별이 또 다른 누군가에게는 근본부터 다시 세워야 하는 혼돈이며 역경일 수도 있음을 공감하게 됐다. 내가 여자로 태어나서 여자가 된 것이 아니라, 스스로 나를 여자로 인식했기에 여자가 되었다는 사실은 놀라운 깨달음이었다.

'게이 지수'라는 게 있다. 동성애자에 대한 관용성을 측정하는 지수인데 이 지수가 높은 도시일수록 창의성 혹은 창조력이 높은 것으로 평가된다. 이로써 '게이 지수'가 단순히 '동성애자 수'만 뜻하는 것이 아님을 짐작할 수 있다. 이는 '문화다양성'의 문제다. '다른 방식의 사람을 얼마나 인정할 수 있는가'가 이 사회를 이끌어가는 중요한 원동력이 될 수 있다는 뜻이다. 이런 '생각의 변화'를 이끌어내는 데 '이야기'만 한 도구가 없다.

잘 만들어진 이야기는 힘이 있다. 등장하는 인물의 삶을 따라 관객은 그의 입장에서 삶을 바라보고, 그의 입장에서 세상의 가치를 가르는 경험을 한다. 선과 악, 남과 여, 개인과 집단, 현실과 이상 등 이분법적 시선이 아닌 양 극단의 스펙트럼 안에 들어서는 수많은 사람들의 삶과 이야기를 오가며 간접적으로 경험한다. 그러므로 영화나 드라마를 단순히 '재미'로 본다는 말은 적절치 않다. 우리는 이야기를 통해 함께 살아가는 다양한 사람들의 수없이 많은 경우의 수를 가늠해본다.

그래서 조심해야 할 것은 하나의 경우의 수만 보고 그의 입장에 과하게 빠져드는 경우다. 분별이 부족한 아이들이 어설프게 만들어진 이야기를 접하고 그 캐릭터에 빠져 무책임하거나 무분별한 선택을 하는 건 이런 이유다. 타인의 가치와 관점을 나도 모르게 비판 없이 받아들일 가능성이 농후한 이야기의 힘을 안다면, 더더욱 그 이야기를 어떻게 읽어낼 것인가를 가르치고 배우는 일을 게을리할 수 없다. 내가 지닌 가치와 드라마가 추구하는 가치가 어디서 만나고 어느 지점에서 갈라지는가를 분별하여 살펴보는 '읽기'는 그래서 중요하며 필요하다. 나도 모르는 사이, 타인의 가치에 내 자신이 함락당하지 않으려면 말이다. 즉, 드라마나 영화를 본다는 일은 능동적이고 적극적인 사유를 전제한다.

페터 비에리는 『삶의 격』에서 여행 중에 1년에 한 번 열리는 어느 큰 장터에서 '난쟁이 멀리 던지기 대회'를 목격한다. 그리고 보여지는 이 이야기의 이면에 주목한다.

힘센 사내가 소인을 들어 올리더니 온힘을 다해 던져 물렁물렁한 매트리스 위에 패대기치는 것이었다. 소인은 패드와 손잡이가 달린 보호복과 헬멧을 착용하고 있었다. 모여든 군중은 소인이 던져질 때마다 매번 즐겁게 환성을 올리며 박수를 쳤다. … 대회가 끝난 저녁 나는 난쟁이 던지기 대회의 스타를 만나러 캠핑카로 찾아갔다.

– 어떻게 참으셨습니까!
– 아무것도 아닌데요, 뭘. 푹신하게 떨어지니까요.
– 그런 얘기가 아닙니다. 존엄성요.
– 무슨 소리죠?
– 마치 물건처럼 사람을 던지니까 드리는 말씀입니다.
– 가끔 애들을 던지기도 하잖아요. 애들은 좋아서 꽥꽥 소리 지르고 난리도 아니죠.
– 그건 다른 이야깁니다. … 당신을 이용하지 않으면 그 경기가

성립할 수 없잖아요.

– 이용요? 뭐에 이용을 해요?

– 재미, 그리고 구경거리요.

– 광대가 발을 걸어 상대방을 넘어뜨리면 그것도 광대가 뭔가에 이용당하는 겁니까?

– 그건 다른 문제입니다. 그들은 어디까지나 연기를 하는 겁니다. 그런데 당신은 당신이 무언가를 함으로써 관객에게 오락을 제공하는 것이 아니라 당신은 가만히 있고 오직 당신에게 일어나는 일이 오락거리가 됩니다. 그러면서 당신은 하나의 장난감이 되어버리고 말입니다.

– 한마디 할까요. 나처럼 생긴 사람들이 돈 벌기가 어디 쉬운 줄 아십니까. … 나는 그 쇼를 위해 자발적으로 나선 겁니다. … 나는 나를 이용하고 조롱하도록 허락하겠다고 결정했습니다. 자유로운 의사 결정이었다고요. … 혹시 마뉘엘 바케나임이라고, 프랑스 출신의 난쟁이가 있습니다. 유엔 법정까지 찾아가서 서커스에서 던지기 경기를 계속할 수 있는 권리를 돌려달라고 싸운 인물입니다. 비록 졌지만요. 인간 존엄성을 손상시킨다는 이유였습니다. 그렇다면 나는 이렇게 묻고 싶습니다. 자유로운 의사 결정에 관련된 존엄성은 어떻게 된 겁니까?

대부분의 사람들은 그저 우스운 볼거리로, 이국 땅에서 만나는 낯선 쇼로 보고, 웃고, 떠들며 지나친다. 그 행위는 마치 유쾌한 이야깃거리로 여겨진다. 그럼으로써 인간 존엄에 관한 진지한 성찰을 간과하거나 은근히 방조한다. 거칠고 어설프게 만들어진 이야기는 사람을 대하는 방식이나 세상을 바라보는 시선 역시 거칠고 어설프다. 거칠고 어설프다는 건 그 내면에 우리가 깊이 들여다보지 않으면 잘 드러나지 않는 폭력과 존엄성의 말살이 내재한다는 뜻이다. 이처럼 이야기는 심각하고 진지한 성찰을 방해하고 보이지 않는 폭력을 조장하는 도구로 전락하기도 한다.

페터 비에리는 소인과의 대화 후 인간 존엄에 관한 깊은 성찰을 시작한다. 소인은 그것을 스스로의 자유로운 선택이라고 믿는다. 그는 이 점에 집중하며 "결정의 자유는 존엄성의 필요조건이다. 그렇다면 충분조건도 될 수 있을까?"를 질문한다. 난쟁이 던지기 대회에 대해 최고법원은 "비록 결정이 자발적으로 이루어졌다고 해도 그 결정에서 비롯된 행위는 인간 존엄성에 반할 수 있다"라는 판결을 내린다. 이에 페터 비에리는 말한다.

"존엄이란 각 개인이 스스로 결정할 수 있는 문제다. 그러나 존엄은 개인이 마음대로 할 수 있는 것, 그 이상의 무엇이다. … 소인을 던질 때 위태로워지는 것은 바로 전체적인 삶이다. 인간은 물질화, 수단화되면서 굴욕을 당한다. … 그러므로 누구든 자신의 존엄을 마음대로 내던져서는 안 된다."

요즘 악인이 주인공으로 등장하는 영화나 드라마가 많다. 막장 드라마라고 욕하면서도 자극적인 흥미로 높은 시청률을 기록한다. "왜 저런 말도 안 되는 막장 드라마를 보는 거야?" 물으면 "그냥 보는 거지. 재밌잖아"라는 대답이 돌아온다. 그러나 되묻는다. 정말 그냥 재미만 선사할까? 그 드라마를 지속적으로, 정기적으로 아무 생각 없이 심취되어 볼 때마다 과연 나에게 어떤 영향도 미치지 않을까? 자극적이고 강렬하니까 재미를 느끼는 건데 그 '재미'가 무엇인가를 한번쯤은 스스로에게 물어야 하지 않을까?

분별을 잃고 무비판적으로 이야기에 빠져드는 것은 위험하다. 그것은 아직 사고가 여물지 않은 아이들에게 잔인하고 비인간적인 복수극의 드라마나 영화를 지속적으로 보여주는 것과 같다. 결국엔 저렇게 살아도 되는 거라고, 저 정도면 복수해도 된다고 여기게 한다. 생각의 거름망을 통해 옳고 그름을 따져볼 새도 없이 그저 이야기에 스며든다. 저렇게 당하면 호되게 복수하는 게 맞는 거라고. 혹은 악인도 사람이고, 사정을 알고 보면 그렇게 악해지는 게 납득이 된다고 그를 그렇게 악하게 변화시킨 환경과 상황이 문제라고 말하게 되며 드라마의 비논리를 비판 없이 따르게 된다.

이야기는 힘이 있다. 그 힘이 공정하고 옳은 방향으로 행사될 것인지, 거칠고 무분별한 쪽으로 행사될 것인지 "깨우치고 점검하고 수정하는 일"을 할 수 있는 주체는 저마다의 이야기를 가슴에 품고 사는, 우리들뿐이다.(페터 비에리는 『삶의 격』에서 내적 독립이 가능할 때 존엄한 존재로 살아갈 수 있다는 논의를 펼치며 "생각과 잡담의 차이를 모르"는 사고를 경계한다. 독립성의 첫 번째 형태는 "사고"다. 이는 "깨우치고 점검하고 수정하는 일들"과 관련된다고 말한다.)

물질적 풍요를 좇는 청춘들

대학 강의를 하면서 다양한 모습으로 살아가는 학생들을 만난다. 반짝반짝 눈을 빛내며 수업을 듣는 학생이 있는가 하면, 수업시간마다 엎드려 잠을 자는 학생도 있다. 3시간 연강 수업이 지겨울 만도 하지만 일주일에 한 번뿐이니 잠자는 그들이 안타깝다. 뭐 하느라 밤에 잠을 못 잤느냐 물으면 편의점 야간 아르바이트를 하고 있다고 답한다. 등록금 학자금 대출도 갚고, 용돈도 벌어야 하는데 야간에만 시간이 나니 어쩔 수 없단다. 사정을 들은 게 잘못이다. 사정을 알고 나자 '그래도 자면 안 된다'는 말이 선뜻 나오지 않는다. 사회에 나서기도 전에 빚쟁이가 된 그들의 처지에 다심(多心)해진다. 배우려는 열망에 빚을 진들 어떠리. 염려되는 건 배워서, 그 배움으로 살아보려는 그들의 갈 길이 또한 만만치 않아서다.

또 다른 학생은 시를 쓴다. 나는 현대소설을 전공했다고 몇 번을 말해도 매 시간 자작시를 가져와 내게 보여준다. 그런데 그 꾸준함이 놀랍다. 그의 꾸준함이 그를 시인으로 이끌어주리라. 후배들의 로망인 복학생 선배도 보인다. 시간마다 내주는 과제를 훌륭하게 해내고, 광고 아이디어도 좋고, 태도도 당당한 그는 여느 광고기획사 신입보다 뛰어나다. 재능과 열정을 갖춘 사람은 어디에서든 눈에 띈다. 재능이 그저 타고나는 것만이 아님을 아는 자의 재능이기에 더 귀하다.

20대엔 30대가 되면 삶이 지금보다는 안정될 것이라 기대했고, 30대엔 40대가 되면 사회에 내 자리를 잡고 여유 있는 삶을 살 수 있지 않을까 기대했다. 그러나 정말 "삶은 문제해결의 연속이다." 그럼 언제쯤 안정된 삶을 살 수 있을까.

광고에서 중요하게 여기는 건 아이디어다. 아이디어는 갑자기 번뜩 떠오르는 게 아니라 지속적이고 집중적인 전방위적 몰입에서 나온다. 아르키메데스가 '유레카'를 외쳤던 바로 그때가 아이디어가 떠오른 순간이지만, 발견은 그 순간에 일어난 것이 아니다. 그는 몇 날 며칠을 그 생각에 몰두해 있었다. 뉴턴이 사과가 떨어지는 것을 보고 느닷없이 만유인력의 법칙을 발견했을 리 만무하다. 지구의 물리법칙을 발견하기 위한 집중적이고도 지속적인 몰입이 있었다. 무엇을 보든 무엇을 하든 오직 그 생각에 빠져 그 문제를 해결하기 위해 모든 것을 연관지었을 터이다.

그 결과 남들에게는 당연하고 뻔한 것이라 오히려 보이지 않았던 본질을 볼 수 있었다.

저마다의 삶에 존재하는 문제들을 해결할 때도 이런 아이디어가 주요하다. 광고에서는 흔히 제임스 웹 영이라는 카피라이터의 아이디어 발상법을 사용한다.

섭취 – 소화 – 부화 – 탄생 – 입증

1단계 '섭취'는 자료수집 단계다. 광고 콘셉트로 발전시킬 수 있는 다양한 자료를 풍부하게 수집하고 정리한다. 2단계 '소화'는 자료의 내용을 충분히 숙지하는 단계다. 수집하고 섭취하는 수준을 넘어 자기의 것으로 충분히 소화하는 게 포인트다. 이질적인 자료를 연관지어 보기도 하고, 자료가 드러내는 이면의 것들을 발견하기 위해 노력한다. 이 과정에서 아이디어가 떠오르는 경우도 있다.

3단계 '부화'는 직접적인 자료에서 의도적으로 거리를 두는 단계다. 즉, 가까이에서 들여다보기를 중지하고 아예 다른 일을 한다. 영은 이 단계를 "무의식 상태에 빠지는 부화 단계"라고 설명한다. 카피라이터의 전설 오길비도 이 단계에서는 음악을 듣거나 시골길을 무작정 걸으며 모든 것을 잊었다고 한다. 4단계 '탄생'은 숙성을 거친 후 최종 아이디어를 창출하는 단계다. 마지막

5단계 '입증'은 창출한 아이디어를 판단하는 단계로, 선택된 아이디어를 정교화하는 과정이다. 객관적으로 적용해보고 부족한 부분은 보완하며 다듬는다. 선택된 아이디어를 구체화시키면서 소비자의 소구점을 충분히 충족시키지 못한다거나 본래 콘셉트와 맞지 않는다고 판단될 때는 과감하게 아이디어를 버리고 1단계로 돌아가 처음부터 다시 시작한다. 웹 영의 아이디어 발상법은 콘셉트를 도출할 때도, 실제 광고 제작을 위한 이미지와 카피라이팅 작업을 할 때에도 적용된다.

나는 학생들에게 이를 삶의 문제에까지 확대 적용하라고 강조한다. 무엇이든 배운 것을 과제나 시험에만 국한시킬 게 아니라 실제의 삶 속에 적용하는 것이 배움의 본질이다. 의도적으로 관찰하고 몰두하여 배운 것을 삶 속에서 증명해보는 것이다. 그래야만 배움은 삶이 되고, 존재는 진정한 지적 성장을 한다.

아이디어 발상법대로 지금 처한 문제를 면밀히 살피고, 다양한 관점에서 이해한 뒤, 숙성의 시간을 갖는 거다. 맹렬하게 현실에 부딪치며 일상을 살다가 모든 것을 그대로 두고 잠시 여행을 다녀오는 것과 같다. 멀리하고 잊어버리기 위한 실행이다. 일상과 전혀 다른 공간에서 한 번도 겪어보지 않았던 것을 경험하고, 관심 갖고, 새로운 생각을 한 후에 다시 일상으로 돌아와 놓아두었던 문제를 들여다본다. 이전에는 보이지 않던 것들이 보이고, 이전에는 용납할 수 없던 문제들이 의외로 순순히 받아들여지거나 그저 넘기게 되는 다른 차원의 성숙을 스스로에게서 발견하게 되기도 할 것이다. 오히려 더 맹렬하게 문제를 좇아 용기 있는 결단으로 맞서게 되기도 할 것이다.

요컨대, 뜨거운 섭취와 소화의 시간, 놀라운 탄생과 차가운 입증의 시간, 더없이 편안한 숙성의 시간 모두 '지금, 여기' 우리의 일상 안에 삶의 도구로 혹은 자연스러운 과정으로 공존한다. 그리고 이는 삶이 지속되는 내내 계속된다.

'언제쯤 편안한 삶을 살 수 있을까'라는 질문에 대한 답은 그러므로 '지금, 여기'다. 지금 여기에서 찾을 수 없다면 영원히 찾지 못할 공산이 크다. 그러나 밤잠을 반납하면서 아르바이트를 하고, 재능이라고는 좀처럼 보이지 않는 현실에서 끝없이 헤매는 청춘에게 이런 단언은 잔인하다. 그들에겐 시간이 필요하다. 쓸쓸하지만 단순한 삶의 진실을 받아들일 수 있는 그런 준비의 시간 말이다. 20대는 이런 삶의 진실을 받아들이기보다는 그저 부딪치고, 깨지고, 무작정 다시 시도해보는 시기다. 그러니 20대에 편안함을 찾는 건 어울리지 않다.

그런데 지금 우리 사회는 길을 가다가 갑자기 뺨을 맞아도 누가, 왜 내 뺨을 때렸는지 진위를 가리기도 전에 순식간에 모든 일이 벌어지고 끝나버리는 모양새다. 경제력과 권력을 이용해서 되짚어 휘둘러 치지 않는 이상, 내 뺨을 때린 자가 누구인지 가려내기가 어렵다. 이런 상황이니 일상의 삶에 원인 모를 불안과 피해의식이 팽배하다. 스스로 계획하고 노력하면 뜻한 바대로 정당하게 성취가 가능하다는 사회에 대한 믿음이 없다. 그래서 나이 불문하고 모두가 '편안하고 안전한 삶'을 추구한다. '편안하고 안전한 삶'이란 정당한 노력, 인간적인 보람이 아닌 오로지 물질, 곧 '돈'을 좇는 삶이다. 돈의 힘이 세니 10대부터 꿈이고 적성이고 돈을 많이 버는 직업을 갖고 싶다는 바람을 피력한다.

여기까지 생각이 미치면 '20대는 무작정 부딪치고 깨지는 시기이니 편안한 삶을 생각할 때가 아니다'라는 말도 부질없게 들린다. 그럼에도 꿈을 꾸라고, 꿈꾸기를 멈추고 물질적 풍요를 삶의 목표로 삼는 순간, 물질을 가져도 결코 편안함과 만족감을 얻을 수 없다고 말한다면 그들은 뭐라고 할까?

그래도 나는 "저는 무엇을 하든 우선 경제력부터 갖추고 싶어요. 그리고 하고 싶은 일을 하는 거죠"라고 말하는 청춘들에게 "순서가 잘못됐어. 그냥 자기가 하고 싶은 일을 하는 거야. 자기의 능력으로 보람을 느끼는 일을 시작하는 거지. 그게 가장 사람다운 기쁨을 느끼는 삶이야. 돈을 먼저 벌고 하고 싶은 일을 해야겠다고 하면, 돈을 좇느라 평생 하고 싶은 일을 하지 못하게 된단다"라고 말할 수밖에 없다. 사람의 존엄을 지키고 꿈을 좇으며 산다는 일은 때때로 이렇게 구태의연해 보이기도 한다.

V-6_광고와 이데올로기
우리는 지금 카페에 있다

넓게 꾸며놓은 카페에 즐겨 간다. 아침을 먹고 집을 대충 치운 뒤 노트북과 책을 들고 가서 책도 읽고, 글도 쓰고 사람들도 구경한다. 점심시간이 되면 바로 옆에 위치한 대기업 사무실에서 회사원들이 물밀듯이 쏟아져 나온다. 그들은 바삐 식당에서 점심을 해결한 뒤 이곳 카페로 모인다. 카페는 와글와글 귀가 멍멍할 정도로 소리의 파동으로 가득 찼다가 점심시간대를 지나면 다시 한산해진다.

문득, 카페문화의 창시자라고 할 만한 이 세계적인 회사의 수입이 궁금해진다. 이 회사의 첫 카페는 시애틀에서 시작되었다. 시애틀 1호점은 전 세계 여행객들의 성지로 등극했다. 나라와 인종을 넘어 인간 존재의 무엇을 충족시켜주길래 이토록 불황 없는 전진을 계속하는 걸까? 그 근원에는 무엇이 있는 걸까?

마침 2018년 3월 16일 동아일보에 이 회사의 매출이 '연 1조 원을 훌쩍' 넘긴다는 기사가 실렸다.

외부에서 보이는 현상부터 카페를 살펴보기로 한다. 카페의 풍경은 '여유로움'과 '쾌적함', '세련됨' 등의 단어를 떠올리게 한다. 카페의 시스템은 사람들에게 적당한 자유와 책임을 부여하며, 이용해본 사람들만 알 수 있는 그들만의 정보가 존재한다. '프라푸치노'나 '사이렌오더'가 대표적이다.

이곳에서는 성질 급한 사람도 군소리 없이 기다리고, 아무리 바쁜 사람도 여유를 느낀다. 한 잔의 커피 혹은 한 접시의 디저트를 구매함으로써 이런 보이지 않는 이미지와 정서를 함께 구입한다.

오래전 것이긴 하지만 우리가 카페에서 바라는 바를 여실히 보여주는 광고가 있다.

1.
한 잔의 커피는 우리를 어디까지 데려갈 수 있을까요?
한 잔의 커피는 한 번의 여행입니다.

2.
잠깐 동안, 세상과의 교신을 끊고
지금은 온전히 나만의 시간.

나는 지금 여행 중입니다.
한 잔의 커피는 한 번의 여행입니다.

3.
생각이 멈춰버린 오후,
커피 한 잔으로 이제껏 닿지 않았던 곳으로
생각의 여행을 떠납니다.
한 잔의 커피는 한 번의 여행입니다.

2016년 'M 커피' 브랜드 캠페인의 시리즈 카피 중 일부다. 광고는 지금까지도 인기를 누리는 대세 배우들이 출연한다. 균형 잡힌 몸매와 모두에게 호감을 주는 외모를 지닌 그들이 즐기는 여유와 생각, 휴식 그리고 여행. 사람들이 스스로에게 바라는 혹은 자기 삶에 바라는 대표적 이미지와 정서가 고스란히 담겨있다.

어찌 보면, 카페는 실제 생활에서 체험하는 광고와 같다는 생각을 해본다. 카페에서는 내가 직접 광고 속의 주인공이 된다. 내가 실제 살고 있는 집, 내가 살아가는 현실 상황이 어찌되었건 간에 카페에 앉아 있는 순간만큼은 나는 세련되고 여유로운 커뮤니케이터다. 돌아갈 현실은 비루하고 척박하더라도 말이다. "사물 속에 실재와 상상이 함께 들어있어 광고의 이데올로기가 가능해

진다"라는 르페브르의 말처럼 카페 역시 그 속에 실재와 상상
이 함께 존재한다.

　이제 광고는 미디어를 통해서뿐만 아니라 다양한 시공간에
서 사람들과 직접 대면하고 우리들의 삶 속에 내밀하게 접근한
다. 이런 현상은 심리학과 인문학이 매출에 큰 기여를 한다는 것
을 기업이 인지하면서 더욱 치밀해지고 다양해졌다. '공간을 판
매한다'는 카페문화 역시 커피를 판다는 일차적 목표를 넘어 사
람의 욕구를 충족시키자는 마케팅 목표를 설정하면서 시작됐
다. 이는 사람들의 니즈를 정면으로 충족시켰고, 그리하여 문화
가 됐다. 문화평론가 박민영은 그의 책 『反기업 인문학』에서 이
렇게 말한다.

　　"인문학은 기업 광고에 동원되기도 한다. 기업 이미지 광고는 기
　　업의 대표적인 의식 조작 활동이다. 삼성 하면 떠오르는 '또 하나
　　의 가족'이나 두산 하면 떠오르는 '사람이 미래다' 같은 광고 말
　　이다. 기업 이미지 광고의 목적은 기업이 단지 자본 축적만을 추
　　구하는 곳이 아니라 사회 전체에 공헌하는 곳이라는 것을 널리
　　알리는 데 있다. … '기술은 사람을 향합니다' 시리즈 중 '없애주
　　세요'라는 광고는 첨단 기술로 인한 문제들에서 기업을 면책시
　　킬 뿐만 아니라, 그 문제들로 고통받는 사람들의 마음을 이해하
　　고 위로하는 입장으로 기업의 위치를 재설정한다. '기술은 언제

나 사람에게 지고 맙니다'라는 말 역시 사실 왜곡이다. 현실은
그 반대다."

　저자의 주장이 다소 강하게 느껴질 수도 있지만, 꼭 짚어볼
사안임에는 틀림없다. 나 역시 넓은 카페에 가는 것을 즐기고, 쾌
적하고 넓고 세련된 공간 속에 존재하는 나의 이미지와 거기에
서 충족되는 정서적 만족감을 즐긴다. 다만, 내가 누리고 즐기는
그 근저에 무엇이 있는가를 생각해보자는 말이다. '스세권', '승자
독식', '중국에서 무릎 꿇은 스○○○' 등 다양한 현상과 관점도
들여다보자는 말이다.
　광고는 자본주의 사회의 필요성에 의해 사람을 가장 내밀
하게 파헤치고 개인의 생각과 판단에 영향을 미치려는 의도로
만들어지는 창조물이다. 그러므로 현대 사회를 살아가는 우리
들은 광고의 논리와 광고가 내세우는 가치에 스며들지 않을 수
없다. 다만, 적어도 내가 살아가는 이 사회에 어떤 이데올로기
가 팽배하며, 우리가 타협하고 있는 가치가 무엇인지에 대해서
는 생각하며 살아야 하지 않을까? 사람다움을 지킬 수 있는 주
체성과 판단력은 지니고 있어야 하지 않겠는가 하는 게 나의 생
각이다.

V-7_읽고 쓰기의 임무
지성인으로 산다는 것

당차고 야무진 청춘들의 이야기를 그린 드라마 『쌈, 마이웨이』를 보는데 주인공 친구 커플의 대화가 귀를 사로잡는다. 여자가 말한다.

"난 이렇게 너랑 아이스크림을 함께 먹는 것만으로도 행복을 느껴. 너 과장 못 돼도 괜찮아. 그래도 우린 이렇게 행복하잖아? 난 이런 소소한 행복이 좋아."

그러자 남자가 진지하게 답한다.

"난 싫어. 누가 만년 대리를 하고 싶겠어? 누가 행복이 소소하대? 소소한 행복이 어딨어? 그렇게 살아서 언제 김포에 아파트 사고,

애 낳고 살아!"

김동춘은 『독립된 지성은 존재하는가』라는 책에서 다음과 같이 말한다.

"군사정권의 가장 큰 잘못은 자생적 이념이나 사상도 만들어내지 못하는 불구적 존재로서의 지식인들을 권력의 힘으로 또 한 번 죽인 것이며, 그들에게 생각할 공간을 남겨주기보다는 권력과 금력에 굴종해야 살아남을 수 있다는 '소시민의 철학'을 심어주었다는 점에 있다고 생각한다." (『독립된 지성은 존재하는가』 152쪽)

우리가 '소소한 행복'에 만족해 살아야 한다는 생각을 갖게 된 것은 김동춘의 말대로 군사정권이 은연중에 심어준 사상일 수 있다.(물론 다양한 차원으로 생각할 여지는 많다.) 누군가 자신의 현실에 아랑곳하지 않고 큰 목표를 세우면 야망 있는 사람이라고 말하면서 마치 제 것이 아닌 것을 원하는 위험한 사람이라는 시선으로 바라본다. '송충이는 솔잎을 먹어야' 하고, '뱁새가 황새 따라가다가 다리가 찢어지'는 사태가 벌어진다는 말도 소시민들의 머릿속에 깊게 박혀 있는 생각 중 하나다.

나 역시 현실에서의 어려움을 사회적 문제라고 꼬집어 말하는 것은 게으르고 나태한 사람들의 핑계일 확률이 높다는 교육을 받으며 자랐기에 국가가 하는 일, 국가가 정한 일에 대해서 의문을 갖고 다른 길을 찾는 것은 곧 반역(도대체 누구를 향한 반역이라는 말인가!)이라 생각했다. 몇몇 선생님들이 국가의 정책이나 우리 사회의 구조적 문제에 관해 의문을 제기하고, 옳고 그름에 대해 생각하고 따져봐야 한다는 말을 전할 때마다 지축이 흔들리는 듯한 혼란에 휩싸인 건 그런 교육의 여파였다.

지금 생각하면 그런 의문을 제기할 수 있는 사회적 환경이 마련된다는 것은 분명 중대한 진보다. 어느 사회건 지식인은 존재한다. 그러므로 지식인이 제 목소리를 낼 수 있는 자유가 보장되는가의 여부에 따라 사회의 성숙도를 가늠한다. 그러나 궁극적으로는 지식인이건 아니건 모든 존재가 제 목소리를 낼 수 있어야 한다.

사르트르의 말대로 우리에게는 전문가가 아니라 삶을 의미있는 방향으로 이끌어줄 행동하는 지성인이 필요하다. 그렇다면, 2018년 대한민국에서는 누가 그 역할을 할 수 있을까? 처음에는 지성인이 민중을 이끄는 역할을 하겠지만, 옳은 방향으로의 행동을 민중운동으로 승화시키는 것은 민중만이 할 수 있다. 그리하여 행동하는 민중은 지성인으로 성장한다.

말하자면 지성인은 '나'를 넘어서서 '우리'의 문제를 진지하게 고민하여 더 가치 있고 의미 있는 방향으로 이 사회를 변화시키고자 하는 의지와 실행력을 지닌 사람들이다. 그러므로 사람답게 살고자 하는 사람들, 사람다움이 무엇인가를 알고 그것에 가치를 두고 행동하는 사람들 모두가 지성인이다.

"오늘날의 문제는 … 지식인들은 정부에 고용되어 공식적인 적들을 향한 선동적 언어와 완곡어법을 구사하고, 오웰식의 신어 체계를 퍼뜨림으로써 제도적인 '편의성'이나 '국가적 명예'라는 이름으로 일어나고 있는 사건들의 진실을 위장하는 것이다."(에드워드 사이드 『지식인의 표상』 중에서)

혼란의 핵심은 '진실의 위장'이다. 진정한 지식인은 이 위장을 벗겨낼 의무가 있는 자들이다. 에드워드 사이드는 "지식인은 자신의 온몸을 비판적 감각에 내거는 존재, … 대중들을 향해 거부를 적극적으로 밝히는 존재"라고 규정짓고, "영원한 각성의 상태, 절반의 진실이나 널리 퍼진 생각들을 끊임없이 경계하는 상태가 지식인의 소명"이라고 말한다.

사르트르와 에드워드 사이드의 말대로 "전문성은 엄밀히 말해서 지식의 문제와 그다지 관계가 없다." 더 정확히 표현하자면 '전문가'와 '지식인'은 완전히 다르다. 전문가가 기능적인 차원을 중시한다면 지식인은 의미나 도덕의 차원과 관련이 있다. 에드워드 사이드는 오히려 "오늘날 지식인은 아마추어가 되어야 한다"라고 주장한다. "여기서 아마추어란 직업적인 행위에 있어

우리 모두가 지성인이 되는 길로써
다양한 차원의 읽기와 사유에 관한 이야기를 했다.
그리고 그 끝에 글쓰기의 방향성을
주요하게 논의하게 된 것은
숙명일까, 의지일까, 희망일까?

그것이 무엇이든 대중지성의 참여가 절실하다는
현실적 요구일 터이다.

서조차 그 행위가 자신의 국가와 관련되고 그 국가의 권력과 관련되며 다른 사회와의 상호작용 방식은 물론 자국 시민들과의 상호작용 방식과 관련될 때, 도덕적인 문제를 제기할 수 있는 자격이 있어야 한다고 생각하는 사람이다."

식민지 시대를 거치면서 사상 통제를 당하고, 도그마가 된 공산주의에 빠져 그 어떤 이념도 온전하게 비평하지 못하고, 자유주의마저 독재와 결합한 대한민국에서 일찍이 지성은 부재했다. 김동춘의 표현대로 이 "불구의 역사"를 거쳐온 우리들은 더 이상 지성인이 나타나기를 기다리고 있을 수만은 없다. 우리가 직접 지성인이 되는 게 빠른 길이다.

이제 우리는 "그저 해야 할 일로 여겨지는 것을 묵묵히 수행하는 대신, 그것을 왜 해야 하며 그것이 누구에게 도움이 되는 일이며, 그것을 어떻게 하면 개인적 기획과 독창적 사고에 다시 접목할 수 있을지를 물을 수 있"어야 한다. 철저하게 한국적인 잣대로 한국의 역사적 맥락에서 우리들 각자가 지식인의 표상이 되는 길을 찾아야 한다. "경직된 제도와 정해진 체제나 방법에 반대"(에드워드 사이드, 같은 책)하고 도덕적 가치에 부합하는 해석의 틀과 판단력을 가지도록 끊임없이 스스로를 단련하면 된다. 이것이 우리가 지성인이 되는 길이다.

"나는 소수가 아주 혁명적이고 고상한 생각을 하는 것보다 다수가 약간의 생각을 고치는 것이 훨씬 더 역사적이고 혁명적인 일이라는 그람시의 말을 심각하게 받아들이기 시작했다. … 사람들에게 자신이 경험한 바 지금까지 일어났던 사건들을 해석하고 정리할 수 있는 틀을 제공함으로써 일관된 생각이나 판단력을 가질 수 있도록 도와주는 것이 글쓰기의 중요한 방향이 되어야 한다고 생각하고 있다."(김동춘, 같은 책)

지금까지 우리 모두가 지성인이 되는 길로써 다양한 차원의 읽기와 사유에 관한 이야기를 했다. 그리고 그 끝에 글쓰기의 방향성을 주요하게 논의하게 된 것은 숙명일까, 의지일까, 희망일까? 그것이 무엇이든 대중지성의 참여가 절실하다는 현실적 요구일 터이다.

삶은 홑겹이 아니다

영화든 소설이든 시든 표현형식이 무엇이든 '삶과 인간을 향한 깊이 있고 끈질긴 탐구'를 그리는 작품에 마음이 끌린다. 이창동 감독의 『밀양』을 인상 깊게 본 터라 그의 신작 『버닝』을 봤다.

스토리에 충실하면서 인간의 심층을 그려낸 『밀양』에 비하면 『버닝』은 전통적인 스토리 라인에서 한 걸음 떨어져 있다. 인과관계나 이야기 진행에 따른 설명도 없다. 관객에게는 불친절한 구성이다. 영화의 엔딩 크레딧이 오를 때 밀려오는 당혹스러움과 충격을 무어라 설명할 수 있을까. 영화가 내게 말을 건네며 보여준 모든 것을 어느 하나 그대로 믿을 수가 없었던 까닭이다.

영화를 본 후, 영화의 원작인 무라카미 하루키의 소설을 찾아 읽었다. 원작을 넘어서는 상상력과 스토리텔링에 한 번 더 놀랐다. 하루키는 윌리엄 포크너를 염두에 두지 않고 소설을 썼다고 했는데, 이창동 감독은 윌리엄 포크너의 메타픽션적 요소를 영화에 가미해 진정 새로운 작품을 창조했다. 더없이 몽환적이기까지 한 영화의 모든 요소가 거듭 음미할수록 좋았다. 여전히 납득되지 않는 요소들마저도 장차, 천천히 음미할 거리라고 생각하니 오히려 영화가 더욱 풍요롭게 여겨졌다.

최근 나의 관심은 보았지만 볼 수 없는 것, 들었지만 듣지 못하는 것, 반대로 보지는 못했지만 볼 수 있는 것, 듣지 못했지만 들리는 것들에 쏠려 있다.

우리는 어떤 것을 볼 때, '선(先)이해'에 기대어 그것을 해석하기 때문에 실상 그것들을 있는 그대로 볼 수 없다. 본다는 일뿐 아니라 감각적으로 수용하여 이해하고 해석하는 모든 과정이 이와 같다. 반대의 경우도 마찬가지다. '선이해'는 현재 보이지 않는 것도 마치 보이는 것처럼 이해하고 해석하므로 그 사이에서 왜곡과 혼란이 일어난다.

『버닝』과 같은 영화는 그런 선이해, 즉 전통적인 스토리 라인에 기대서 영화를 보는 우리에게 낯선 방식을 펼쳐놓음으로써 관객의 해석관습을 산산이 부수어버린다. 몇 해 전 개봉했던 영화 『곡성』도 그런 차원에서 아주 흥미로운 영화였고, 최근 본 영화 『독전』 역시 형식적인 실험은 덜했지만 의미의 중첩성 면에서 뜻밖의 즐거움을 주었다.

이 영화들의 공통된 질문은 '우리는 무엇을 믿으려 하는가'로

'우리는 무엇을 믿으려 하는가?'
내 눈에 보이면 확실하고 실재하는 것이며,
내 눈에 보이지 않으면 불확실한 것이고
부재하는 것이라는 고정관념에
얼마나 얽매여 있는가?

우리의 삶은 홑겹이 아니다.
보이는 것과 보이지 않는 것,
들리는 것과 들리지 않는 것,
일상과 비일상이
중첩되어 있음을 깨달을 때
우리는 비로소 모든 고정관념과 편견의
틀에서 벗어나 자유롭게 삶의 총체적인 의미를
발견하는 시작점에 설 수 있다.

귀결되지 않을까 싶다. 이 물음은 흔히 스스로에게 던지는 '우리는 무엇을 믿어야 하는가'와는 전혀 다르다.

어느 초여름이었다. 아침 일찍 회의가 있어서 급하게 단지 내 오솔길을 걸어가다가 작은 청보랏빛 꽃에 시선이 머물렀다. 작고 예쁜 종이 하늘을 향해 펼쳐져 있는 모양새였다. 맑고 고운 소리가 울려 퍼지는 듯 참으로 예뻤다. 돌아오는 길에 꼭 사진을 찍어야겠다고 마음을 먹고 우선 눈에만 담아놓고 지나갔다. 오후에 같은 길로 돌아오면서 꽃을 찾았다. 그런데 아무리 찾아도 보이지 않았다. 대략 400여 미터의 오솔길을 몇 번을 왕복했는지 모른다. 결국 꽃을 찾지 못한 채 집에 돌아왔다. 정말 꿈을 꾼 것 같은 기분이어서 한동안 미동도 않고 앉아 있었다. 그러다가 꽃이 나팔꽃 모양이었다는 걸 생각해 내고서야 납득이 되었다. 꽃은 오전에 폈다가 오후에 진 것이다. 그런데 내 눈에 보이지 않는다고 그것이 감쪽같이 사라졌다고 생각했다.

이 일로 내 눈에 보이면 확실하고 실재하는 것이며, 내 눈에 보이지 않으면 불확실한 것이고 부재하는 것이라는 고정관념에 얼마나 얽매여 있는가를 깨달았다. 그리고 이 깨달음은 나로 하여금 일상 속에서 드러나 있는 것뿐 아니라 드러나지 않는 것들까지 보기 위해 노력하는 계기가 됐다.

종교학자 엘리아데는 사람의 삶이 지닌 중층성 또는 중첩성에 관해 말한다. 그는 "나무는 나무이되 나무이지 않고, 나무이지 않되 나무이다"라는 말로 이를 설명한다. 좀 더 쉽게 이를 풀어내자면 우리가 잘 아는 『어린 왕자』의 장미를 예로 들 수 있다. 어린왕자는 지구에서 담장에 핀 수백 송이의 장미를 보고 처음엔 실망한다. 그러나 곧 자기에게 의미 있는 장미는 오직 한 송이뿐임을 이해한다. 어린왕자의 장미는 장미이되, 장미 이상의 의미를 가지며, 그래서 장미를 넘어서는 동시에 장미다. 이런 '굴절의 구조'가 바로 삶이라고 엘리아데는 주장한다. 나아가 이런 일상성의 범주와 비일상성의 범주 안에 삶이 놓여있다고 말한다. 그리하여 그의 표현을 빌리자면, 사람의 삶은 "가치들을 잃고 또 되찾는, 곧 결코 끝나지도 끝날 수도 없는 상실과 재발견의 드라마다."(정진홍 『M. 엘리아데-종교와 신화』, 77쪽)

이처럼 우리의 삶은 홑겹이 아니다. 보이는 것과 보이지 않는 것, 들리는 것과 들리지 않는 것, 일상과 비일상이 중첩되어 있음을 깨달을 때 우리는 비로소 모든 고정관념과 편견의 틀에서 벗어나 자유롭게 삶의 총체적인 의미를 발견하는 시작점에 설 수 있다.

[본문에서 언급한 문헌들]

서문　■ 최시한 지음.『수필로 배우는 글읽기』, 문학과지성사, 2010.
　　　■ 에드워드 W. 사이드 지음, 김정하 옮김.『저항의 인문학』, 마티, 2012.
　　　（'사람다움'을 중심에 놓는 이 책의 기본 사유는 이 책에서 시작되었다.）

제1장　■ 최시한 지음,『수필로 배우는 글읽기』, 문학과지성사, 2010.
　　　■ 셔먼 영 지음.『책은 죽었다』, 눈과마음, 2008.
　　　■ 로트레아몽 지음, 황현산 옮김.『말도로르의 노래』, 문학동네, 2018.
　　　■ 정혜윤 지음.『삶을 바꾸는 책읽기』, 민음사, 2012.
　　　■ 박경숙 지음.『중세와 토마스 아퀴나스』, 살림지식총서123, 2004.
　　　■ 한나 아렌트 지음, 김선욱 옮김.『예루살렘의 아이히만』, 한길그레이트
　　　북스81, 2006.
　　　■ 베른하르트 슐링크 지음, 김재혁 옮김.『책 읽어주는 남자』, 시공사, 2013.

제2장　■ 스티븐 테일러 골즈베리 지음, 남경태 옮김.『글쓰기 로드맵 101』, 들녘,
　　　2007.
　　　■ 휴버트 드레이퍼스, 숀 도런스 켈리 지음, 김동규 옮김.『모든 것은 빛난
　　　다』, 사월의책, 2013.
　　　■ 프랑크 베르츠바흐 지음, 정지인 옮김.『무엇이 삶을 예술로 만드는가』,
　　　불광출판사, 2016.
　　　■ 피터 로쎗 지음, 김영배 옮김.『식량주권』, 시대의창, 2008.

■ 프란시스 무어 라페, 조지프 콜린스, 피터 로쎘, 루이스 에스빠르사, 식
　량과발전정책연구소 지음, 허남혁 옮김. 『굶주리는 세계』, 창비, 2003.
■ 발터 벤야민 지음, 반성완 편역. 『발터 벤야민의 문예이론』, 민음사, 1992.

제3장　■ 샤를 단치 지음, 임명주 옮김. 『왜 책을 읽는가』, 이루, 2013.
■ 최시한 지음. 『수필로 배우는 글읽기』, 문학과지성사, 2010.
■ 김혜남 지음. 『어른으로 산다는 것』, 걷는나무, 2011.
■ 오미영, 정인숙 공저. 『커뮤니케이션 핵심이론』, 커뮤니케이션북스, 2005.
■ 우치다 타츠루 지음, 박분순 옮김. 『하류지향』, 열음사, 2007.

제4장　■ 한강 지음. 『소년이 온다』, 창비, 2014.
■ 최정운 지음. 『오월의 사회과학』, 풀빛, 1999.
■ 수전 손택 지음, 이재원 옮김. 『타인의 고통』, 이후, 2004.
■ 이반 일리히 지음, 심성보 옮김. 『학교 없는 사회』, 미토, 2004.
■ 카렌 암스트롱 지음, 배국원,유지황 옮김. 『신의 역사 II』, 동연(와이미디
　어), 1999.
■ 버트런드 러셀 지음, 박상익 옮김. 『러셀의 시선으로 세계사를 즐기다』,
　푸른역사, 2011.
■ 마크 페로 지음, 박광순 옮김. 『새로운 세계사』, 범우사, 1994.

- 에드워드 헬릿 카 지음, 권오석 옮김.『역사란 무엇인가』, 홍신문화사, 2006.
- 카를 마르크스 지음, 임지현·이종훈 옮김.『프랑스 혁명사 3부작』, 소나무, 2017.
- 장하준 지음, 김희정·안세민 옮김.『그들이 말하지 않는 23가지』, 부티, 2010.

제5장
- 테드 창 지음, 김상훈 옮김.『당신 인생의 이야기』, 엘리, 2016.
- 니콜라스 카 지음, 최지향 옮김.『생각하지 않는 사람들』, 청림출판, 2011.
- 카렌 암스트롱 지음, 배국원·유지황 옮김.『신의 역사 II』, 동연(와이미디어), 1999.
- 김승혜 편역.『종교학의 이해』, 분도출판사, 1989.
- 페터 비에리 지음, 문항심 옮김.『삶의 격』, 은행나무, 2014.
- 김동규 지음.『카피라이팅론』, 나남출판, 2003.
- 정진홍 지음.『M.엘리아데-종교와 신화』, 살림지식총서 40, 2003.
- 박민영 지음.『反기업 인문학』, 인물과사상사, 2018.
- 김동춘 지음.『독립된 지성은 존재하는가』, 도서출판 삼인, 2005.
- 에드워드 W. 사이드 지음, 최유준 옮김.『지식인의 표상』, 마티, 2012.